16,80

Barbara Haupt

Vater Jakob

oder

der Mond in der Gulaschsuppe

Barbara Haupt

Vater Jakob
oder
der Mond in der Gulaschsuppe
Mit Bildern von Bettina Anrich-Wölfel

Hoch-Verlag · Düsseldorf
Österreichischer Bundesverlag · Wien

Einband von Bettina Anrich-Wölfel

Für meine Mutter Trudchen

ISBN 3-7779-0330-2 (Hoch)
ISBN 3-215-05336-5 (ÖBV)
© 1983 by Hoch-Verlag, Düsseldorf

Inhalt

Vorwort	7
Der Mond in der Gulaschsuppe	8
Der Möwenklecks im Metzgerladen	17
Das Fest über den Wolken	32
Das bequemste Segelboot der Welt	41
Der Salto auf dem Schinkenspeck	52
Der Ärgerkloß	62
Wenn der Bauchredner Bodo Brumm nicht gewesen wäre ...	71
Auf eine dicke Freundschaft!	85

Vorwort

Manchmal kann Christopher abends nicht einschlafen. Dann kommt Vater Jakob und hilft ihm. Das ist sein Opa. Er wohnt oben in dem großen Zimmer über Christopher und seinen Eltern. Man braucht nur die Wendeltreppe im Flur hinaufzusteigen, und schon ist man da. Aber meistens ist Vater Jakob zum Abendessen und den Fernsehnachrichten unten bei ihnen.
Warum er übrigens Vater Jakob und nicht Opa oder Großvater genannt wird, weiß ich nicht. Irgend jemand muß einmal damit angefangen haben, und dabei ist es dann geblieben.
Wenn Vater Jakob abends mit seinem Bierglas in der Hand zu Christopher ans Bett kommt, hat er viel Zeit. Und irgendwie schafft er es immer, daß Christopher dann am Ende doch noch zufrieden einschläft. Zum Beispiel heute abend . . .

Der Mond in der Gulaschsuppe

Heute kann Christopher nicht einschlafen. Er weiß nicht warum, er weiß nur, daß es nicht geht. Und weil die Eltern ihm das nicht glauben wollen, sitzt er jetzt wütend in seinem Bett und knüpft Knoten in die Bettdeckenzipfel.

Da kommt nach einer Weile Vater Jakob zu ihm herein. Er hält sein Bierglas in der Hand und sieht den erbosten Christopher nachdenklich an. Dann geht er ans Fenster und schaut hinaus. Sonst freut sich Christopher immer, wenn Vater Jakob abends zu ihm kommt. Aber heute abend ist er wütend, auf alle, auch auf Vater Jakob. Obwohl der es am allerwenigsten verdient hat. Deshalb kneift er trotzig die Lippen zusammen und knüpft weiter Knoten in die Bettdeckenzipfel.

Vater Jakob kneift auch die Lippen zusammen – wenn er nicht gerade aus seinem Bierglas trinkt – und schaut auch weiter aus dem Fenster.

Als Christopher schon den vierten Bettdeckenzipfel in Angriff nehmen will, haut Vater Jakob plötzlich mit der Faust auf die Fensterbank und ruft: »Aha, du bist

es also, der die Kinder nicht schlafen läßt! Na warte, du Strolch! Dir werden wir helfen . . .!«
Da vergißt Christopher seine Knoten und daß er wütend sein wollte und ist mit einem Satz aus dem Bett heraus neben Vater Jakob am Fenster.
»Wer ist denn da?« fragt er neugierig und späht nach unten auf die dunkle Straße.
Doch Vater Jakob zeigt zum Himmel. »Dort mußt du hinschauen«, sagt er. »Es ist der Mond, dieser Halunke. Sieh dir nur seine albernen Faxen an! Kein Wunder, daß ihr Kinder nicht schlafen könnt!«
Aber Christopher kann die Augen noch so weit aufrei-

ßen oder sie noch so eng zusammenkneifen – für ihn sieht der Mond wie immer aus.

»Bist du denn blind?« fragt Vater Jakob erstaunt. »Siehst du denn nicht, wie er Grimassen schneidet?« Christopher schüttelt den Kopf. Er sieht es wirklich nicht.

»Schau mich an«, sagt Vater Jakob. »Eben machte der Mond ein Gesicht wie ich.« Vater Jakob wölbt die Lippen, daß sie ganz dick werden. Er drückt mit dem Zeigefinger die Nase platt, daß die Nasenlöcher ganz breit werden. Und dabei runzelt er die Stirn, daß es aussieht, als ob seine Augenbrauen zusammengewachsen wären. Er macht ein Gesicht wie der dicke Schimpanse im Zoo. Christopher lacht.

»Und jetzt wackelt der alberne Kerl mit den Ohren...«

Vater Jakob läßt seine Ohren wackeln und dann seine Augenbrauen. Christopher hält die Ohren fest, aber da wackeln die Augenbrauen einfach weiter. Und als er die Augenbrauen festhält, wackeln die Ohren weiter. Da lacht er noch lauter als vorher. Vater Jakob aber packt ihn – eins, zwei, drei – um die Hüften und hebt ihn so hoch, daß er mit dem Kopf beinahe gegen die Gardinenleiste stößt.

»Siehst du jetzt, wie er sich aufführt, dort oben? Wie er Fratzen schneidet und sich über uns lustig macht?«
»Ja, ja!« schreit Christopher und strampelt mit den Beinen und quietscht wie ein kleines Ferkel. »Laß mich runter, Vater Jakob! Ich sehe es ja! Laß mich runter!« Christopher ist um die Hüften herum nämlich schrecklich kitzlig.
»Also gut«, sagt Vater Jakob und stellt den Zappelphilipp wieder auf die Füße. »Wenn du es endlich selbst siehst, bin ich zufrieden.«
Er beugt sich zu Christopher hinunter und fragt: »Sollen wir den Strolch vom Himmel holen und ihn in deine Spielkiste sperren?«
»Vom Himmel holen?« wiederholt Christopher ungläubig. »Das geht doch gar nicht! Niemand kann den Mond vom Himmel holen!«
»So, meinst du!« antwortet Vater Jakob. »Dann werde ich dir jetzt das Gegenteil beweisen, so wahr ich Jakob heiße!«
Er zieht vorsichtig die Gardinen zu. »Ich glaube, der Mond ahnt etwas«, flüstert er. »Warte hier auf mich, ich bin gleich zurück.« Er verläßt auf Zehenspitzen das Zimmer.
Kurz darauf hört Christopher die Korridortür zuschla-

gen. Und dann ein wildes Stöhnen. Und dann Vater Jakobs wütende Stimme: »Habe ich dich endlich beim Wickel, du gelber Halunke! Keine Bewegung, zum Donnerwetter...!«

Jetzt hat Christopher doch etwas Herzklopfen, ob er will oder nicht.

Auf einmal ist Vater Jakob wieder da. Er hält einen dicken gelben Ballon in den Händen.

»Aber das ist doch mein Luftballon!« sagt Christopher enttäuscht.

»Luftballon!« antwortet Vater Jakob verächtlich. »Kannst du den Mond etwa nicht von einem gewöhnlichen Luftballon unterscheiden?«

Er zieht einen dicken Filzstift aus der Hosentasche und brummt: »Du bist nicht besser als die Erwachsenen! Dir muß man auch alles beweisen, du ungläubiger Thomas!«

Er malt dem Ballon zwei Augen, eine Nase, zwei Ohren und einen breiten Mund. Und darunter schreibt er die Buchstaben M-o-n-d.

»Hier ist sein Gesicht und dort steht sein Name: Mond. Glaubst du jetzt, daß es der Mond ist, oder glaubst du es nicht?« fragt er drohend und wackelt dabei mit den Ohren.

Da glaubt Christopher ganz fest daran, daß sein gelber Luftballon der Mond ist. Er streckt die Arme aus, um ihn zu fassen, doch der Mond hüpft einfach in die Luft und fliegt aus dem Zimmer.

Christopher und Vater Jakob laufen ihm nach. »Leute, Leute, haltet den Mond! Haltet den Strolch!« schreien sie. Aber der Mond ist viel schneller als die beiden. Schon schwebt er ins Wohnzimmer und springt Christophers Vater auf den Kopf. Der bekommt einen gewaltigen Schreck. Deshalb ruft Christopher schnell: »Es ist doch nur der Mond!«

Als der Vater sieht, daß es tatsächlich der Mond ist, der ihm da so frech auf dem Kopf herumspringt, klappt er den Jackenkragen hoch und meint: »Donnerwetter, ist der aber kalt!«

»Morgen hast du die Grippe!« fügt Christopher hinzu und will sich totlachen.

Der freche Mond benutzt die Gelegenheit, um schnell auf den Fernseher zu hüpfen.

»Ach du liebe Zeit, morgen sind alle Filme gelb!« sagt Vater Jakob vergnügt. Er will den Mond einfangen. Aber der Mond denkt gar nicht daran, sich einfangen zu lassen. Dafür findet er das Herumhüpfen viel zu schön. Deshalb springt er steil in die Luft und saust über Vater Jakobs Kopf hinweg in die Küche. Dort steht Christophers Mutter am Herd und rührt in der Gulaschsuppe für morgen. Da sollen viele Gäste zu ihnen kommen.

Die Mutter macht ein vorwurfsvolles Gesicht und fragt unwillig: »Was soll denn dieser Lärm und dazu noch der Luftballon hier in der Küche?«

»Es ist kein Luftballon!« erklärt Christopher ihr fröhlich. »Es ist der Mond! Siehst du das nicht? Vater Jakob hat ihn vom Himmel geholt, weil er dauernd Fratzen schneidet und die Kinder nicht schlafen läßt. Wir wollen ihn in meine Spielkiste sperren, aber er läßt sich nicht fangen...«

Jetzt sieht auch Christophers Mutter, daß der Ballon der Mond ist.

»Nein so was!« sagt sie lächelnd. »Der Mond! Und das in meiner Küche! Unglaublich!«

»Morgen steht es in der Zeitung«, sagt Vater Jakob und stößt Christopher heimlich mit dem Ellenbogen an.

Als der Mond hört, daß er in die Zeitung kommen soll, bleibt er verdutzt auf dem Eierkocher sitzen. In die Zeitung – er – der Mond! Da würden die Sterne aber vor Neid noch einmal so hell funkeln!

Bei dem Gedanken an die Sterne, und wie sie ihn, den Mond, bewundern und beneiden würden, gerät der Mond außer sich vor Übermut. Er springt auf den Mülleimer und von dort auf den Besenschrank. Und von dort auf den Wasserhahn, daß der vor Schreck anfängt zu tropfen. Schließlich kommt es ja nicht alle Tage vor, daß sich der Mond einfach auf einem Wasserhahn breitmacht!

Christopher tanzt wie ein Indianer durch die Küche. »Morgen ist das Wasser gelb...«, singt er ausgelassen.

»Jetzt ist Schluß!« ruft die Mutter. Der Mond findet aber, daß noch lange nicht Schluß ist. Er fliegt ihr keck über die Schulter und will in den Suppentopf gucken. Aber der ist viel zu heiß. Es gibt einen lauten Knall – da ist der Mond geplatzt und schwimmt in der Gulaschsuppe.

Alle schauen in den Topf und lachen, Christopher natürlich am lautesten. Nur der Kater Toto ist bei dem Knall vor Angst auf den Küchenschrank geflüchtet. Da klettert Christopher schnell auf einen Stuhl und nimmt ihn in den Arm. Und Vater Jakob nimmt den Christopher mitsamt dem Kater Toto huckepack und trägt die beiden hinüber ins Kinderzimmer. Und unterwegs singt er ein Lied von zwei wilden Räubern und einem gefährlichen Kater, die für ihr Leben gerne gelbe Mondsuppe aßen . . .

Der Möwenklecks im Metzgerladen

Heute kann Christopher nicht einschlafen. Er muß immer an die kranke Möwe denken, die er und sein Freund Martin drei Tage lang unten am Fluß beobachtet hatten. Heute war sie weg! Bestimmt war die arme Möwe jetzt tot.

Vater Jakob setzt sein Bierglas auf Christophers Nachttisch und meint: »Vielleicht hat jemand sie mit nach Hause genommen, um sie gesundzupflegen...«

»Glaubst du...?« fragt Christopher unglücklich.

»Immerhin wäre es doch möglich, nicht wahr? Ich habe als Junge auch einmal eine Möwe gesundgepflegt. Sie hieß Fridolin und hatte den rechten Flügel verletzt.«

»Und was hast du gemacht, damit der Fridolin wieder gesund wurde?«

»Eigentlich nichts. Ich habe ihn in unseren Garten gesetzt und ihn jeden Tag gefüttert.«

»Und was hat er gefressen?«

»Kartoffeln, Brot, Gemüse, Regenwürmer: alles, was ihm vor den Schnabel kam. Bis ich eines Tages den Fehler machte und ihm Hackfleisch gab...«

»Davon hat er Bauchweh gekriegt!« meint Christopher sofort.

»Bauchweh?« Vater Jakob lacht. »Ganz im Gegenteil, mein Lieber! Fridolin hatte auf der Stelle beschlossen, daß Hackfleisch viel, viel besser schmeckt als das süßeste Weißbrot und der dickste Regenwurm. Deshalb wollte der kleine Schurke von da an auch nichts anderes mehr fressen. Unser Metzger Hugo Hammelbein staunte nicht schlecht, als ich jeden Tag für 10 Pfennig Hackfleisch bei ihm kaufte. Aber nachdem ich ihm von Fridolin erzählt hatte, sagte er oft: Steck dein Geld mal wieder in die Hosentasche. Wer weiß, wozu du es noch brauchst. – Hugo Hammelbein war ein feiner Kerl.«

»Ist der Fridolin dann wieder gesund geworden?«

»Ja«, sagt Vater Jakob, »eines Tages erhob er sich hoch in die Luft und flog über die Häuser davon.«

»Hast du ihn nie mehr wiedergesehen?«

»O doch! Er kam jeden Tag zurück, um sich sein Fleisch zu holen. Aber er war immer in Eile.« Vater Jakob schmunzelt. »Bestimmt hatte er eine Menge nachzuholen...«

Er nimmt einen Schluck Bier und fährt fort: »Leider zog ich kurz darauf mit meinen Eltern nach München um. Dort erfuhr ich später aus der Zeitung, daß Fridolin unser Dorf verlassen hatte und für immer an die Nordsee zurückgekehrt war. Er muß sich furchtbar geärgert haben!«

Christopher sieht Vater Jakob mißtrauisch an. »Es stand in der Zeitung...?« sagt er. »Das glaube ich nicht!«

»Brauchst du auch nicht«, erwidert Vater Jakob und zuckt die Schultern. »Dann ist die Geschichte eben aus.«

»Nein, bitte nicht!« sagt Christopher schnell. »Warum hat sich der Fridolin denn so furchtbar geärgert?«

»Also gut«, sagt Vater Jakob, »aber ich erzähle nur, was in der Zeitung stand!«

Christopher verschränkt die Arme hinter dem Kopf und grinst. »Also erzähl!« sagt er gespannt.

»Es hieß«, beginnt Vater Jakob, »daß Fridolin nach unserem Umzug nach München drei Vormittage und drei Nachmittage in unserem Garten auf mich gewartet hatte. Als ich auch am vierten Tag nicht erschien, beschloß er, sein Fleisch von jetzt an selbst zu holen. Also flog er zur Dorfstraße, landete vor Hugo Hammelbeins Metzgerladen und spazierte durch die Ladentür schnurstracks bis vor die Theke.

Guten Tag! sagte er artig.

Guten Tag! erwiderte Hugo Hammelbein.

Geben Sie mir bitte etwas Hackfleisch! verlangte Fridolin.

Hugo Hammelbein machte ein höchst erstauntes Gesicht. Aber gerne! meinte er. Nur – wer sind Sie? Und vor allem – wo sind Sie . . .?

O Verzeihung! entschuldigte sich Fridolin. Ich stehe hier unten vor Ihrer Theke. Wenn Sie sich vielleicht etwas vorbeugen würden . . .?

Hugo Hammelbein versuchte es. Da er dabei mit seinem dicken Bauch aber in bedrohliche Nähe der Leberpastete geriet, drückte er sich lieber um die Theke herum nach vorne in den Laden. Aha, du bist es! rief er überrascht. Ich habe schon viel von dir gehört. Geht es dir gut?

Danke, es könnte mir besser gehen, gab Fridolin zur Antwort, wenn ich wieder mein gewohntes Fleisch zu fressen bekäme. Seit drei Tagen ist mir nichts Anständiges mehr vor den Schnabel gekommen.«

»Weil der Vater Jakob doch nach München umgezogen ist!« erklärt Christopher.

»Das ist sehr traurig, meinte Hugo Hammelbein. Der Jakob war ja soo ein lieber und braver Junge!«

»Bäh ...!« macht Christopher und rümpft die Nase.
Da lacht Vater Jakob und erzählt weiter.
»Unter diesen Umständen darfst du dir natürlich jeden Tag dein Fleisch bei mir holen, versprach Hugo Hammelbein. Vorausgesetzt, daß meine anderen Kunden nichts dagegen haben. Denn es ist ja nicht gerade alltäglich, daß Möwen in Metzgerläden ein- und ausspazieren. Das mußt du zugeben.
Ich gebe es zu, antwortete Fridolin.
Also warten wir ab, ob sich jemand beschwert, meinte Hugo Hammelbein. Hier ist dein Hackfleisch. Guten Appetit und bis morgen!

Vielen Dank! sagte Fridolin, stopfte das Fleisch in seinen Kropf und tippelte gutgelaunt aus dem Laden.

Von jetzt an besuchte er den netten Hugo Hammelbein jeden Tag, und keiner der anderen Kunden hatte etwas dagegen. Weder die Bäckersfrau Bertha Bröselmann, noch der Milchmann Wilhelm Weißkäse. Weder der Schornsteinfeger Leopold Langbesen, noch der Briefträger Friedrich Flinkfuß. Und auch die Gärtnerin Pauline Primel nicht. Alle hatten den Fridolin gern.«

Vater Jakob dreht sein Bierglas in den Händen. »Aber leider«, fährt er bedauernd fort, »passierte dem armen Fridolin eines Tages ein furchtbares Mißgeschick: Es war an einem Samstag, und daß samstags die Läden besonders voll sind, das weiß jeder. Hugo Hammelbeins Metzgerladen machte da keine Ausnahme. Der gute Fridolin mußte lange anstehen, viel länger als gewöhnlich. Er wartete bestimmt schon über eine halbe Stunde, als er plötzlich ein gewisses Etwas in seinem Möwenbauch verspürte – ein gewisses Ich-müßte-mal-dringend. Gleichzeitig erinnerte er sich voller Schrecken an den fetten Regenwurm, den er kurz zuvor drüben in den Anlagen gefressen hatte. Aber – da war es auch schon passiert: Fridolin hatte einen dicken

Klecks in Hugo Hammelbeins Metzgerladen gemacht!«

Christopher lacht vergnügt.

»Du lachst!« sagt Vater Jakob vorwurfsvoll. »Der Ärmste war zu Tode erschrocken! Zu allem Unglück kam in diesem Augenblick auch noch ausgerechnet Frieda Fiesling, die Frau des Polizisten Ferdinand Fiesling, in den Laden. Eine überaus unangenehme Person! Niemand mochte sie leiden.

Hoffentlich beeilen Sie sich da vorne mal ein bißchen! Ich habe keine Lust, mir die Beine in den Bauch zu stehen!

So frech redete die unverschämte Madame. Und natürlich wollte sie sich dauernd vordrängeln. Aber das ließen sich die anderen Kunden nicht gefallen, schon gar nicht von einer Frieda Fiesling. Und wenn sie tausendmal die Frau des Polizisten Ferdinand Fiesling war!

Hustekuchen! sagten sie und hoben verächtlich die Nasen in die Luft.

Deshalb sah auch niemand, in welch böser Klemme der arme Fridolin steckte. Bestimmt hätte der eine oder andere ihm geholfen und den Klecks heimlich weggeputzt. Aber sie waren alle so wütend auf die fre-

che Frieda, daß niemand sein Mißgeschick bemerkte.«
Vater Jakob nimmt einen Schluck Bier.

»Und dann geschah folgendes«, erzählt er. »Wieder einmal hatte Frieda Fiesling die Bertha Bröselmann nach vorne geschubst. Bertha Bröselmann – nicht faul – schubste zurück. Sie schubste so energisch, daß die freche Frieda zwei Schritte rückwärts stolperte und – genau in Fridolins Möwenklecks trat! Zuerst stand sie wie vom Donner gerührt und starrte nach unten. Dann stemmte sie die dicken Arme in die dicken Hüften und keifte: Was tut denn dieser gräßliche Vogel hier? Sehen Sie sich diese Schweinerei an, und das in einem Metzgerladen!

Jetzt standen die anderen netten Kunden dem Fridolin aber bei, sage ich dir!

Über eine halbe Stunde steht der kleine Kerl hier schon an! rief einer.

Da kann doch so etwas schon mal passieren! rief ein anderer.

Das kommt davon, wenn man sich dauernd vordrängeln will! rief ein dritter.

Hugo Hammelbein brüllte sogar: Ist das hier vielleicht Ihr Laden oder meiner, zum Kuckuck nochmal! Dann sagte er zu seinem Gehilfen: Geh, Otto, putz den

Klecks weg und gib dem Fridolin sein Hackfleisch!

Doch Frieda Fiesling keifte weiter: Das erzähle ich meinem Mann, dem Polizisten Ferdinand Fiesling! Der wird mit dem Gesetzbuch kommen und Ihre Möwe aus dem Laden jagen. Sie . . . Sie . . .!!! Frieda Fiesling sah mit bösen Augen um sich.

Da nahm Fridolin traurig sein Hackfleisch in Empfang und tippelte mit eingezogenem Kopf zur Ladentür.

Bertha Bröselmann rief ihm nach: Bei mir kannst du dir immer ein paar Rosinen holen, Fridolin!

Und Wilhelm Weißkäse rief: Und bei mir immer ein Stück Emmentaler!

Und Pauline Primel rief: Und bei mir immer einen dicken Regenwurm!

Fridolin nickte stumm und flog davon.

Zwei Tage blieb er unten am Fluß. Als er jedoch am dritten Tag einen unwiderstehlichen Appetit auf Hackfleisch verspürte, kehrte er ins Dorf zurück und setzte sich vor Hugo Hammelbeins Metzgerladen auf die rote Mauer. Die Ladentür war zu. Sonst hatte sie immer offengestanden. Und mitten auf der Tür klebte ein großer weißer Zettel, darauf stand:

Das Betreten von Metzgerläden ist für Möwen streng verboten!!! (Ziffer 999 des Gesetzbuches) Im Auftrag: Ferdinand Fiesling, Polizist

Unter dem großen weißen Zettel klebte noch ein kleiner. Auf dem stand mit blauer Tinte geschrieben:

*Lieber Fridolin,
es tut mir herzlich
leid! Alles Gute!
Dein Hugo Hammelbein,
Metzgermeister*

Fridolin bedachte den gemeinen Ferdinand Fiesling im stillen mit einem bösen Schimpfwort. Dann weinte er eine dicke Möwenträne und flog zurück an den Fluß.
Er dachte einen ganzen Tag nach. Er dachte: Ich gebe zu, daß Hackfleisch ungewöhnlich gut schmeckt. Andererseits habe ich früher auch ohne Hackfleisch gelebt, und zwar nicht schlecht! Da gab es jeden Tag fri-

schen Fisch, Seetang und Muscheln. Damals hätte ich es auch wahrhaftig nicht nötig gehabt, mich von einer Frieda Fiesling beleidigen und von einem Ferdinand Fiesling wie ein Dieb aussperren zu lassen!

Fridolin putzte sich energisch Feder Nr. dreihundertzweiundfünfzig und beschloß: Ich, die Möwe Fridolin, werde wieder dorthin zurückkehren, woher ich gekommen bin, basta!

Natürlich mußte er vorher bei allen netten Leuten vorbeifliegen, um auf Wiedersehen zu sagen.

Die Bäckersfrau Bertha Bröselmann schenkte ihm zum Abschied zehn süße Rosinen. Der Milchmann Wilhelm Weißkäse ein großes Stück Emmentaler. Der Schornsteinfeger Leopold Langbesen dies und der Briefträger Friedrich Flinkfuß jenes. Und die Gärtnerin Pauline Primel schenkte ihm einen besonders dikken fetten Regenwurm, den sie mit eigenen Händen für ihn aus dem Rosenbeet gegraben hatte. Mehr hätte der gute Fridolin auch beim besten Willen nicht fressen können!

Zuletzt flog er zum Polizeirevier. Wenn er auch eine kalte Wut auf den Ferdinand Fiesling in seinem Möwenbauch hatte, so wollte er sich doch auf jeden Fall von den anderen netten Polizisten verabschieden.

Aber nur von euch! sagte Fridolin zu dem Franz, dem Theo und dem Lukas. Von dem gemeinen Ferdinand Fiesling nicht!

Der Ferdinand ist auch gar nicht hier, antwortete Franz. Der nimmt drüben in der Hauptwache seine Verdiensturkunde entgegen.

Ich höre wohl nicht richtig! sagte Fridolin und klapperte aufgeregt mit dem Schnabel. Wofür erhält dieser Schuft denn eine Verdiensturkunde, bitte sehr???

Die Polizisten sahen sich verlegen an. Dann faßte sich der Lukas ein Herz und erklärte kurzerhand: Das ist so, Fridolin: Die Polizeivorschrift besagt, daß jemand, der sich in besonderem Maße um die Ordnung verdient gemacht hat, eine Urkunde erhält. Und weil doch der Ferdinand in dem dicken Gesetzbuch das Verbot über den Zutritt von Möwen in Metzgerläden gefunden hat, erhält er jetzt diese Urkunde dafür. Wenn es auch im Grunde eine Gemeinheit war...

So??? krächzte Fridolin empört. Für eine Gemeinheit erhält man bei euch auch noch eine Urkunde? Schöne Polizeivorschriften habt ihr!

Doch dann kam ihm eine Idee – eine großartige Idee! Er machte das stolzeste Gesicht, das Möwen machen können und sagte mit fester Stimme: Wenn das so ist,

möchte ich mich wohl doch noch von Ferdinand Fiesling verabschieden ... Lebt wohl, Franz, Theo und Lukas. Ihr wart immer sehr freundlich zu mir!
Mit diesen Worten segelte Fridolin aus dem Fenster und auf kürzestem Weg hinüber zur Hauptwache.
Dort überreichte der Oberpolizeiinspektor dem Ferdinand Fiesling gerade die Verdiensturkunde. Der war vielleicht stolz, du liebe Güte! Und wie er angab!
Ich, Ferdinand Fiesling, prahlte er, habe die Möwe Fridolin für alle Zeiten aus Hugo Hammelbeins Metzgerladen verbannt! Vielleicht gelingt es mir, sie eines Tages auch noch aus unserem Dorf zu verbannen ...
Nicht mehr nötig! ertönte da eine Stimme hoch über den Köpfen der Anwesenden. Ich gehe freiwillig!
Alle blickten erstaunt nach oben. Dort zog Fridolin mit weit ausgebreiteten Schwingen elegante Kreise um den Kronleuchter – einmal rechts herum und einmal links herum.
Aber zuvor möchte ich Ihre Urkunde noch höchst persönlich versiegeln! krächzte er triumphierend und ließ aus drei Metern Höhe den dicksten Klecks herunterplumpsen, den man je bei einer Möwe gesehen hat!
Kein Wunder – bei all den Rosinen, dem Käse und den anderen Geschenken, die er vorher zum Abschied

gefressen hatte. Ganz zu schweigen von dem dicken fetten Regenwurm!

Der Klecks landete mitten auf Ferdinand Fieslings schöner Urkunde! Sekundenlang herrschte in dem großen Saal Totenstille. Dann brachen alle in lautes Gelächter aus.

Das geschieht dem Angeber recht! riefen die anderen Polizisten untereinander. Denn – genau wie die freche Frieda Fiesling – mochte auch den Ferdinand Fiesling niemand leiden.

Der Ferdinand war vor Wut weiß wie die Wand geworden. Er hob drohend die Faust und hätte den Fridolin am liebsten in tausend Stücke zerrissen! Aber der war längst zum Dachfenster hinaus und auf dem Flug zur Nordsee.«

Christopher freut sich. »Ich hätte ihm den Klecks mitten auf den Kopf gemacht«, sagt er. »Du auch?«

»Wenn er eine Glatze gehabt hätte, ja«, antwortet Vater Jakob. »Er hatte aber keine.«

Christopher wird wieder ernst. »Glaubst du wirklich, daß meine Möwe noch lebt . . ?« fragt er.

Vater Jakob wird auch wieder ernst. Er streicht Christopher über den Kopf und meint: »Warum nicht? Vielleicht sitzt auch sie jetzt in irgendeinem geschützten Garten und freut sich auf morgen...«

»Ja, vielleicht...«, murmelt Christopher und dreht sich beruhigt auf die Seite.

Das Fest über den Wolken

Heute kann Christopher nicht einschlafen. Er hat große Angst, denn draußen wütet ein schlimmes Gewitter. Er steckt bis zur Nasenspitze unter seiner Bettdecke und weiß nicht, ob er die Augen zukneifen und die Finger in die Ohren stopfen soll – oder ob er Augen und Ohren lieber offenhalten soll, damit er schnell weglaufen kann, wenn das Gewitter in sein Zimmer stürzt. Am liebsten würde er zu Vater Jakob gehen. Aber Vater Jakob sitzt mit Christophers Eltern und den fremden Leuten drüben im Wohnzimmer.
Die Mutter hatte zu Christopher gesagt: »Du möchtest doch so gerne ein Großer sein, und da fürchtest du dich immer noch vor einem albernen Gewitter?« Und die fremden Leute haben gelacht. Natürlich möchte Christopher gerne ein Großer sein. Niemand soll denken, daß er feige ist und erst recht nicht über ihn lachen. Fremde Leute schon gar nicht! Darum bleibt er jetzt tapfer in seinem Bett und gibt sich Mühe, das Gewitter ebenso albern zu finden wie die Erwachsenen. »Blödes Gewitter!« sagt er. »Mistkerl! Glaub nur nicht, daß ich Angst vor dir habe. Doofmann...!« Er

versucht, sich an alle Schimpfworte zu erinnern, die er jemals gehört hat. Es sind ziemlich viele.

Aber leider läßt sich das Gewitter von Christophers bösen Beleidigungen nicht im geringsten beeindrukken. Im Gegenteil: die Blitze werden immer greller, der Donner immer lauter und Christopher unter seiner Bettdecke immer dünner.

Und dann wird es mit einemmal taghell in seinem Zimmer, daß das Schaukelpferd Isolde vor Entsetzen feuerrote Augen bekommt. Und der Himmel rumpelt und grollt – erst leise, dann lauter, und immer lauter, und immer näher zu dem zitternden Christopher – bis er zuletzt mit einem gewaltigen Knall – wie ein Kanonenschuß explodiert!

Da glaubt Christopher, daß jetzt die ganze Erde auseinanderbrechen wird. Er springt mit einem Satz aus dem Bett und rennt zur Tür. Doch als er sie aufreißt, prallt er mit voller Wucht auf einen dicken Bauch, der nur einem einzigen gehören konnte – nämlich Vater Jakob.

»Ach du meine Güte!« ruft der erschrocken und balanciert sein schwankendes Bierglas über Christophers Kopf. »Was ist denn in dich gefahren?«

Aber Christopher klammert nur die Arme um seinen

Bauch und wühlt den Kopf unter seine Jacke.

Vater Jakob bringt vorsichtig sein Bier in Sicherheit. Dann streicht er mit den Händen über Christophers Rücken und sagt: »Das Gewitter macht dir angst, nicht wahr? Schau mich einmal an . . .« Doch Christopher preßt den Kopf nur noch fester gegen Vater Jakobs Bauch und will auf keinen Fall unter seiner Jacke hervorkommen.

»Eine schlimme Sache, wenn man so große Angst vor etwas hat«, murmelt Vater Jakob und weiß nicht, wie er Christopher helfen soll.

Als sich der Donner für kurze Zeit beruhigt, schlägt er vor: »Wollen wir nicht ans Fenster gehen und uns das Gewitter gemeinsam ansehen? Vielleicht stellst du dann fest, daß deine Angst gar nicht so groß ist, wie du denkst . . .« Aber Christopher will nicht.

»Auch nicht, wenn ich meinen dicken Mantel anziehe und dich an meiner Seite unter ihm verstecke? Ich würde ihn vorne fest zuknöpfen – bis auf einen einzigen Knopf: dort könntest du rausschauen, wenn du willst. Aber nur wenn du willst, sonst nicht. – Nun, bist du einverstanden?«

Christopher schweigt immer noch. Endlich sagt er leise: »Ja . . .« Bestimmt hätte bei dem lauten Regensturm kein anderer dieses leise Ja gehört. Aber Vater Jakob hört es. Und dann macht er es genauso wie er versprochen hat: Er nimmt Christopher unter seinen dicken Mantel und knöpft alle Knöpfe zu – bis auf einen einzigen. Und so stellen die beiden sich ans Fenster, obwohl Christopher noch lange nicht wagt, aus seinem Mantelloch herauszugucken.

Vater Jakob seufzt. »Schade, daß die meisten Menschen gar nicht wissen, daß in diesem Augenblick oben über den Wolken ein wunderschönes Fest stattfindet«, meint er. »Sehr bedauerlich!«

»Was für ein Fest . . .?« fragt Christopher zaghaft und fühlt sich unter Vater Jakobs Mantel schon viel mutiger. Aber Vater Jakob antwortet nicht.

Deshalb schiebt Christopher vorsichtig seinen Kopf aus dem Mantelloch und wiederholt: »Was für ein Fest, Vater Jakob?«

»Ein Sternenfest.«

»Ein Sternenfest . . .?«

»Ja«, sagt Vater Jakob. »Manchmal haben die vielen Millionen Sterne es nämlich gründlich satt, immer und immer nur reglos am Himmel zu stehen und auf die Erde hinabzuleuchten. Dann veranstalten sie ein großes lustiges Fest, so wie jetzt.«

Christopher sieht zum Himmel hinauf und sagt: »Ich sehe aber nichts!«

Vater Jakob lacht. »Das kannst du auch nicht«, meint er. »Die Sterne lassen sich bei ihren Festen nämlich nicht gerne zusehen. Deshalb spannen sie einfach einen großen dunklen Wolkenteppich über den Himmel. Dann ziehen sie ihre bunten Sternenröckchen an und tanzen.«

»Mit Musik ...?« fragt Christopher.

»Natürlich mit Musik, was hast du denn gedacht!«

»Ich höre aber keine Musik!«

»Das liegt an dem Wolkenteppich«, erklärt Vater Jakob. »Das einzige, was man bei uns auf der Erde hören kann, sind die Pauken – immer dann, wenn die Kapelle einen Tusch spielt.«

»Ich höre aber auch keine Pauken!« sagt Christopher hartnäckig.

»Doch, vorhin hast du sie gehört«, erwidert Vater Jakob. »Da wußtest du nur nicht, daß es die Himmelspauken waren. Sie sind so riesengroß, daß du sie dir gar nicht vorstellen kannst. Darum dröhnt ihr Trommeln auch durch den dicken Teppich bis zu uns auf die Erde.«

Christopher sieht Vater Jakob zweifelnd an. Der

schmunzelt und sagt: »Wir Menschen haben nur einen anderen Namen für das Trommeln der Pauken: Wir nennen es Donner. Aber daß es in Wirklichkeit die Himmelspauken sind, wissen die wenigsten.«
Christopher denkt angestrengt nach.
»Und warum blitzt es so schrecklich?« fragt er schließlich.
»Auch das wissen die wenigsten«, behauptet Vater Jakob. »Das ist nämlich in Wirklichkeit der Himmelsfotograf. Kannst du dir vorstellen, wie groß sein Blitzlicht sein muß, um den ganzen Himmel mit all seinen Sternen zu beleuchten? Ist es da verwunderlich, daß

auch sein Licht durch den dicken Wolkenteppich bis zu uns dringt? So wie die riesigen Himmelpauken?«

In diesem Augenblick zuckt ein greller Blitz über den Himmel. Christopher drückt sich erschrocken an Vater Jakob und will den Kopf sofort wieder unter seinen Mantel stecken. Doch Vater Jakob hält ihn sanft fest und sagt: »Siehst du, gerade hat der Fotograf wieder ein Foto von den tanzenden Sternen geschossen. Und jetzt paß auf – gleich folgt die Kapelle mit ihrem Tusch . . .« Und schon geht der Donner los!

Vater Jakob klatscht in die Hände und ruft: »Bravo, hoho! Gut getanzt, Sternchen! Sehr gut!«

Zu dem bangen Christopher aber sagt er: »Wir können ihren Tanz zwar nicht sehen, doch es schadet auch nicht, wenn wir sie trotzdem loben. Das nächste Mal rufen wir gemeinsam, einverstanden?«

Und das tun sie auch. Christopher erst noch ängstlich, aber dann immer mutiger. Und je stärker der Donner grollt und kracht, desto lauter rufen die beiden ihr Bravo, hoho! und klatschen in die Hände.

Bald hat Christopher gar keine Angst mehr und ruft und klatscht noch viel lauter als Vater Jakob. Und zwischendurch tanzen sie kreuz und quer durchs Zimmer, genau wie die Sterne oben über den Wolken. Dabei

steckt Christopher immer noch unter Vater Jakobs Mantel. Das sieht vielleicht komisch aus!
Später werden die Himmelspauken immer leiser und das Blitzlicht immer schwächer...
Das Sternenfest ist aus.
Christopher kriecht unter dem Mantel hervor und schlüpft in sein Bett. Er hält den Kopf schief und macht ein seltsames Gesicht.
»Nanu?« meint Vater Jakob erstaunt. »Du siehst ja wie ein lebendiges Fragezeichen aus! Was quält dich denn noch?«
Christopher kaut an seinem Schlafanzugkragen. »Das Sternenfest – und die Himmelspauken – und der Himmelsfotograf...«, sagt er zögernd, »das ist doch alles gar nicht wahr...«
Vater Jakob geht zum Fenster und holt sein Bierglas. »Wahr oder unwahr...«, wiederholt er versonnen. »Ist das jetzt so wichtig? Freilich, irgendwann wirst du in den klugen Büchern eine andere Erklärung für die Gewitter finden... Wahr ist auf jeden Fall, daß du vorhin keine Angst mehr hattest, stimmt das?« Christopher nickt. »Na also!« meint Vater Jakob. »Ich finde, das ist die Hauptsache. Und du?«
»Ich auch!« sagt Christopher und zieht sich zufrieden

die Decke über die Ohren.

Als Vater Jakob zu den Eltern und den fremden Leuten ins Wohnzimmer zurückkehrt, sehen ihn alle merkwürdig an.

»Ist etwas nicht in Ordnung?« wundert er sich.

»Das wollten wir dich gerade fragen!« sagt die Mutter lachend. »Warum hast du denn deinen dicken Mantel an?«

Vater Jakob sieht verdutzt an sich herunter. »Tatsächlich!« sagt er. »Wie konnte ich nur vergessen meinen Mantel auszuziehen! Christopher und ich waren nämlich beim Sternenfest. Kalt war es dort oben! Brr...!« Aber mehr verrät er nicht.

Da gibt Christophers Mutter ihm blitzschnell einen dicken Kuß auf die Backe.

»Hmm...!« macht Vater Jakob und klappert mit den Augen, als ob er einen Schokoladenbonbon auf der Zunge hätte.

Das bequemste Segelboot der Welt

Heute kann Christopher nicht einschlafen.
»Nun, wo drückt der Schuh?« fragt Vater Jakob und setzt sich mit seinem Bierglas in der Hand auf Christophers Bettkante. Christopher bohrt mit dem Finger Löcher in die Bettdecke.
»Der Uwe hat jetzt ein Segelboot«, sagt er neidisch, »ein richtig großes – mit Kajüte, Küche und Klo.«
»Du meinst, seine Eltern haben ein Segelboot«, berichtigt Vater Jakob ihn.
Christopher schüttelt den Kopf. »Nein, die haben es nur gekauft, aber gehören tut es allen zusammen, auch dem Uwe!«
»Da freut sich der Uwe aber mächtig, nicht wahr?«
»Tut er eben nicht!« sagt Christopher böse. »Wenn ich ein Segelboot hätte, würde ich mich ganz toll freuen und mir nie mehr was zu Weihnachten wünschen. Vielleicht auch nie mehr zum Geburtstag. Aber der freut sich überhaupt nicht!«
Christopher bohrt seine Faust in die Decke. »Ich finde es gemein, daß der Uwe ein Segelboot hat!«
Vater Jakob findet das insgeheim auch gemein, nur

regt er sich nicht so darüber auf wie Christopher. Vater Jakob weiß nämlich, daß es solche Gemeinheiten leider sehr oft im Leben gibt. Und daß der Christopher sich an Uwes Stelle ein Loch in den Bauch freuen würde, das weiß Vater Jakob sowieso.

»Ich kann dich gut verstehen«, sagt er deshalb. »Ich habe das auch schon erlebt und fand es immer genauso ungerecht wie du. Bis ich eines Tages einen ganz besonderen Trick erfand – von da an habe ich mich nie mehr über so etwas geärgert.«

Christopher ist immer noch zornig, aber er möchte doch gerne wissen, welchen Trick Vater Jakob meint.

»Manchmal stellte ich mir das, was ich gerne gehabt hätte aber nicht bekam, einfach vor. Ich malte es mir in meiner Phantasie so schön aus, wie es in Wirklichkeit niemals hätte sein können . . .«

Christopher denkt eine Weile nach, dann sagt er entschlossen: »Ich finde Haben schöner als Vorstellen!«

Vater Jakob wiegt den Kopf hin und her. »Sag das nicht«, widerspricht er. »Nehmen wir doch einmal deinen Freund Uwe . . .«

»Der Uwe ist nicht mein Freund!« unterbricht Christopher ihn.

»Also gut, dann nehmen wir einfach den Uwe, der

jetzt ein richtiges Segelboot hat. So weit, so gut. Und jetzt nehmen wir den Christopher...«

»Mich?«

»Jawohl, dich«, sagt Vater Jakob. »Der Christopher hat kein richtiges Segelboot. Aber weil auch er einmal Kapitän sein will, stellt er sich einfach eines vor. Und weil er gerade in seinem Bett liegt, beschließt er, daß das Bett sein Boot sein soll.«

»Nein, das ist langweilig«, sagt Christopher enttäuscht. »Ich habe ja noch nicht mal ein Segel. Uwes Boot hat aber ein Segel, ein schönes weißes!«

»Das hat es sicher«, bestätigt Vater Jakob, »so wie alle Segelboote. Deshalb kann man es draußen auf dem Meer von den anderen auch nicht unterscheiden.« Er nimmt einen großen Schluck Bier. »Christophers Boot dagegen besitzt ein ganz besonderes Segel.« Vater Jakob spannt Christophers Kinderschirm auf und klemmt ihn zwischen Bettpfosten und Wand.

»Es sieht bunt und lustig aus«, sagt er, »und ist auf allen Meeren bekannt. Wenn die anderen Seeleute – noch viele Seemeilen entfernt – dieses Segel entdecken, legen sie ihre Fernrohre zur Seite und rufen: Das kann nur der berühmte Christopher sein! Wir wollen zur Begrüßung dreimal die Sirene heulen lassen!«

Da wird der mißmutige Christopher endlich wieder besserer Laune. »Ist das laut?« fragt er neugierig.

»Das kann man wohl sagen!« behauptet Vater Jakob. Er formt die Hände zu einem Rohr, führt sie an den Mund und stößt einen so markerschütternden Heulton aus, daß Christopher sich die Ohren zuhält.

»Und wenn erst die Seeräuber . . .« Vater Jakob unterbricht seinen Satz und dreht sich um. Hinter ihm steht Christophers Mutter und sieht ihn vorwurfsvoll an. »Frau Müller von nebenan hat uns doch gestern erst gebeten, nach 8 Uhr nicht mehr so laut zu sein!« Vater Jakob kratzt sich hinter dem Ohr, dann sagt er brummig: »Bestell der Frau Müller von nebenan einen schönen Gruß, aber wir befänden uns gerade auf hoher See. Und sie könnte von Glück sagen, daß wir überhaupt eine Schiffssirene an Bord haben, denn sonst würde sie am Ende noch von Walfischen gefressen!«

Da verläßt die Mutter kopfschüttelnd das Zimmer. Die beiden aber grinsen ihr fröhlich nach, und dann erzählt Vater Jakob weiter.

»Also, wenn erst die Seeräuber das bunte Segel entdecken, laufen sie alle in wilder Angst durcheinander und schreien: Da kommt der Christopher! Mit dem ist nicht zu spaßen! Alle Mann an Deck, wir müssen weg!«

»Weil sie Angst vor Christopher haben!« sagt Christopher. »Weil er sie nämlich ins Gefängnis schmeißen würde, deshalb!«

»Ja, das wissen die Halunken ganz genau«, sagt Vater Jakob. »Siehst du, so bekannt ist Christophers Segel auf den großen Meeren.«

»Und was ist mit seinem Rettungsboot? Der Uwe hat ein Rettungsboot!«

»Natürlich hat er das«, sagt Vater Jakob. »Glaubst du vielleicht, der Christopher hätte keines?«

Er preßt Christophers Kopfkissen zu einer dicken festen Rolle zusammen. »Hier ist es«, sagt er. »Nur, daß vorne am Bug nicht Rettungsboot sondern RESOLIEBO geschrieben steht.«

»Resoliebo...?« wundert sich Christopher. »Warum Resoliebo?«

Vater Jakob lächelt verschmitzt. »RE-SO-LIE-BO ist eine Abkürzung von Rettungs-Sonnenliege-Boot! Christopher kann sein Rettungsboot nämlich im Handumdrehen in eine Sonnenliege verwandeln. Schau her...!« Er drückt eine tiefe Kuhle in die Kopfkissenrolle. »Jetzt ist aus dem Boot eine Sonnenliege geworden! Denn wann, so hat sich der Seemann Christopher gefragt, braucht man schon ein Rettungsboot? Eine Sonnenliege aber kann man draußen auf dem Meer immer gebrauchen.«

Da probiert Christopher die Sonnenliege sofort aus. Er verschränkt die Arme hinter dem Kopf, schlägt die Beine übereinander und wippt dabei mit dem Fuß wie ein richtiger Seemann, der in der Sonne faulenzt. Und Vater Jakob steckt ihm dazu noch den gelben Limonadenstrohhalm zwischen die Lippen.

»Das mit dem Resoliebo war schlau von dem Christopher, findest du nicht?« fragt Christopher und schiebt den Strohhalm vergnügt von einem Mundwinkel in den anderen.

Vater Jakob nickt. »Schlau und sehr praktisch. Aber du solltest erst seine Kajüte sehen!«

»Was ist mit seiner Kajüte?«

Vater Jakob baut Christophers Bettdecke – ruck, zuck – in eine Kajüte um und legt zwei seiner bunten Kinderkissen hinein.

»Hier stehen zwei Betten. In dem blauen schläft der Christopher und in dem grünen sein Matrose.«

»Warum ist auf Christophers Segelboot ein Matrose?«

»Warum?« wiederholt Vater Jakob. »Weil doch jemand da sein muß, der das Deck scheuert und das Resoliebo schrubbt und das Segel flickt und abends die bunten Lampions anzündet!«

Da hatte Vater Jakob recht.

»Und was muß der Christopher auf seinem Boot tun?« will Christopher wissen.

»Der muß natürlich die Seekarte studieren und durch das große Fernrohr nach Eisbergen und Walfischen Ausschau halten . . .«

»Und nach Seeräubern!« fügt Christopher hinzu.

»Ja, nach Seeräubern ganz besonders!«

Vater Jakob holt aus Christophers dickem Klötzesack

zwei Bausteine heraus und stellt sie mitten zwischen die beiden Betten, den weißen auf den schwarzen.

»Und dies hier ist Christophers allerschlauste Erfindung!« sagt er triumphierend.

»Ein Fernseher!« ruft Christopher sofort.

Vater Jakob schlägt die Hände zusammen. »Ach du liebe Zeit!« meint er lachend. »Wozu brauchen die beiden bei ihrem Abenteuerleben denn einen Fernseher? Nein – ganz falsch!«

Er schiebt die Bausteine noch ein wenig näher an das Kopfende der beiden Betten und erklärt: »Der schwarze ist ein Elektroherd und der weiße ein Kühlschrank.«

Christopher sieht Vater Jakob mit großen Augen an. Was haben ein Elektroherd und ein Kühlschrank denn zwischen zwei Betten zu suchen, denkt er. Die gehören doch in die Küche!

Vater Jakob lacht über Christophers ratloses Gesicht. Dann beugt er sich zu ihm vor und raunt: »Wenn abends der Wind schläft und das Meer blank wie eine Eisbahn ist und weit und breit weder Walfische, Seeräuber noch Eisberge zu sehen sind, dann machen der Christopher und sein Matrose es sich in ihren Betten bequem. So bequem, wie der Uwe es sich niemals ma-

chen könnte. Sie spielen Karten und erzählen sich Witze. Und wenn sie hungrig sind, dreht sich der Matrose in seinem Bett einfach faul auf die Seite und holt eine große Portion Pommes Frites aus dem Herd...«
»Mit Ketchup...?«
»Was denkst du denn?« sagt Vater Jakob. »Die beiden haben doch immer einen ganzen Eimer davon unter dem Bett stehen.«
Christopher strahlt. Das gefällt ihm! »Und wenn sie ihre Pommes Frites gegessen haben«, erzählt er an Vater Jakobs Stelle weiter, »dreht sich der Christopher in seinem Bett einfach faul auf die Seite und holt eine Riesenportion Erdbeereis aus dem Kühlschrank!«
»Du hast es erraten!« meint Vater Jakob lächelnd und trinkt sein Glas aus. »Die beiden haben es ganz schön bequem auf ihrem Boot, findest du nicht?«
»Doch, und wie!« sagt Christopher. »Der Uwe hat es auf seinem Boot nicht so bequem.«
»Bei weitem nicht!« bestätigt Vater Jakob. »Wenn der Uwe Hunger bekommt, muß er sich erst die Pantoffeln anziehen und in die Küche stapfen. Eine sehr umständliche Angelegenheit!« Er steht auf und zieht die Fenstervorhänge zu.

»Einmal haben die beiden Witzeerzähler und Kartenspieler um Mitternacht doch tatsächlich schon wieder Hunger verspürt«, sagt er über die Schulter zu Christopher. »Und weißt du, was sie da gemacht haben?«
Christopher schüttelt den Kopf.
»Sie haben mit dem Essen einfach nochmal von vorne angefangen.«
»Nach dem Zähneputzen . . .?«
Vater Jakob kehrt an Christophers Bett zurück. Und als er sich zu ihm hinunterbeugt, funkeln in seinen Augen lauter lustige Sterne.
»Die beiden putzen sich die Zähne doch gar nicht . . .«, flüstert er.
Da freut sich Christopher wie ein König.
»Und wer erzählt dem Christopher und seinem Matrosen vor dem Schlafengehen eine Gutenachtgeschichte?« fragt er.
Vater Jakob überlegt. Dann zieht er ein grünes Taschentuch aus der Jacke. Er faltet, dreht und knüpft und knotet.
»Das tut die grüne Maus«, sagt er schließlich und setzt die Maus auf Christophers Bauch.
»Hat der Uwe auch eine grüne Maus auf seinem Boot?«

»Bestimmt nicht!« sagt Vater Jakob. »Höchstens eine graue, wenn überhaupt.«

»Meinst du, die grüne Maus würde mir auch eine Geschichte erzählen?«

»Warum nicht? Wir werden sie morgen abend fragen, einverstanden?«

Christopher nickt. »Morgen gehe ich ganz früh ins Bett«, sagt er und kriecht gähnend in seine Kajüte.

Der Salto auf dem Schinkenspeck

Heute kann Christopher nicht einschlafen. Erst soll die grüne Maus eine Geschichte erzählen! Das hatte Vater Jakob gestern abend versprochen.
Und darum weiß Christopher auch sofort, wen Vater Jakob meint, als er fragt: »Wo ist sie denn eigentlich?« Da greift er schnell unter seine Schlafanzugjacke und setzt die grüne Taschentuchmaus mitten auf die Bettdecke. Und zur Begrüßung sagt er: »Hallo, grüne Maus! Wie geht es dir?«
»Mir geht es gut«, antwortet Vater Jakob, der jetzt die grüne Maus ist. »Danke für die Nachfrage. Soll das übrigens heißen, daß du mit mir ins Gespräch kommen möchtest?«
Christopher lacht über Vater Jakobs neue Stimme und sagt: »Ja, du sollst uns eine Geschichte erzählen!«
Die grüne Maus zupft geschmeichelt an ihren Barthaaren. »Darüber läßt sich reden«, meint sie vornehm. »Wir grünen Mäuse erzählen nämlich leidenschaftlich gerne Geschichten, und zwar am liebsten über uns selbst.«
»Auf jeden Fall muß sie lustig sein!« verlangt Christo-

pher. Der Tonfall der grünen Maus wird noch um eine Spur vornehmer, als sie etwas spitz bemerkt: »Unsere Geschichten sind alle lustig, junger Mann!«

Vater Jakob wirft Christopher einen bedeutungsvollen Blick zu. »Aber da du sehr anspruchsvoll zu sein scheinst«, fügt sie hinzu, »will ich überlegen, welche von ihnen die lustigste ist . . .« Sie hebt den schlanken Schwanz elegant in die Luft und wedelt mit der Spitze nachdenklich hin und her.

»Da wäre zum Beispiel die Geschichte, wie wir erfuhren, daß unser Tantchen Josephine kitzlig ist.«

»Kitzligsein ist doch nichts besonderes«, unterbricht Vater Jakob sie. »Schließlich ist doch jeder irgendwo kitzlig.«

»Wir nicht!« widerspricht die grüne Maus. »Kitzligsein kennen wir für gewöhnlich gar nicht. Und bestimmt hätten wir auch niemals erfahren, daß unser Tantchen Josephine hier eine Ausnahme macht, wenn die Sache mit dem Vanillepudding nicht gewesen wäre . . .«

Christopher verschränkt die Arme behaglich hinter dem Kopf und fragt: »Was war mit dem Vanillepudding?«

Die grüne Maus lächelt verschmitzt. »Also hört zu!«

sagt sie. »Damals wohnten mein Vetter Kunibert und ich in dem grünen Haus hinter dem Deich. Es gehörte reichen Leuten, die vor allem eine wunderbare Speisekammer besaßen. Das war für uns natürlich das wichtigste, wie ihr verstehen werdet.«

»Ihr durftet in die Speisekammer . . . ?« fragt Christopher ungläubig.

»Nun ja . . .«, gestand die grüne Maus zögernd, »man hat uns zwar nicht ausdrücklich aufgefordert und etwa gesagt: Bitte treten Sie doch ein, verehrte Mäuse, und kosten Sie unsere herrlichen Vorräte . . . Das natürlich nicht. Es war vielmehr so, daß unsere Herrschaft nicht wußte: waren wir nun da oder waren wir nicht da? Jedenfalls hat diese Frage niemanden beunruhigt. Und so konnten wir in Frieden leben.«

Die grüne Maus streicht sich mit dem Schwanz eitel über die Ohren und erzählt weiter.

»Einmal machte unsere Herrschaft einen Ausflug ins Grüne, gemeinsam mit dem Haushund Bello. Man kann nicht behaupten, daß Bello ein böser Hund gewesen wäre, doch in seiner Abwesenheit fühlten mein Vetter Kunibert und ich uns wohler. Da unser Tantchen Josephine an jenem glücklichen Tag auch noch Geburtstag hatte, beschlossen wir, ein großes Speisekammerfest zu geben: mit allen Familienmitgliedern, Freunden und Nachbarn.«

»Und wieviel waren das?« will Christopher wissen.

»Etwa vierzig«, antwortet die grüne Maus stolz, »wenn nicht noch mehr!«

Christopher stellt sich vierzig grüne Mäuse in einer einzigen Speisekammer vor und lacht.

»Nachdem wir Tantchen Josephine herzlich gratuliert hatten«, fährt die grüne Maus fort, »wurde erst einmal tüchtig gefressen, denn die anderen lebten lange nicht alle so wohlhabend wie mein Vetter Kunibert und ich. Viele unserer Freunde und Verwandten wohnten sogar nur in Kuh- oder Hühnerställen, und dort bekommt man wahrhaftig nicht alle Tage zarte Leberwurst vorgesetzt.«

»Ihr habt einfach von der Wurst gefressen, die in der Speisekammer hing...?« fragt Christopher.

»Nicht nur von der Wurst, mein Lieber!« prahlt die grüne Maus. »Auch vom Käse, vom Brot und vom Schinken. Dann von den Rosinen, den Äpfeln, der Marmelade und dem Mehl – aber das schmeckte nicht. Dann von der Sahnetorte, den getrockneten Pflaumen und dem Waschpulver – aber das schmeckte auch nicht. Dann von...«

»Einen Augenblick, Verehrteste!« unterbricht Vater Jakob sie. »Übertreibst du jetzt nicht ein wenig?«

Da setzt die grüne Maus sich kerzengerade auf ihr dickes Hinterteil und beteuert: »Ehrenwort, von all dem haben wir gefressen!« und fügt kichernd hinzu: »Nur von dem Vanillepudding nicht.«

»Und warum nicht von dem Vanillepudding?« wundert sich Christopher.

»Weil der Schüsselrand so hoch war. Es wäre zu gefährlich gewesen!«

»Wenn ihr nicht von dem Vanillepudding gefressen habt, warum lachst du dann so darüber?«

Die grüne Maus macht ein geheimnisvolles Gesicht und meint: »Das werdet ihr gleich verstehen, laßt mich nur weitererzählen. Als Höhepunkt unseres Festfressens machten wir uns zum Schluß noch über die eingelegten Rumfrüchte her...«

»... und dann wart ihr alle besoffen!« ruft Christopher triumphierend. Daraufhin bekommt Vater Jakob einen Hustenanfall. Wahrscheinlich hat er sich an seinem Bier verschluckt. Er reibt sich lange die Augen. Dann fragt er die grüne Maus streng: »Ihr wart doch nicht wirklich betrunken, oder?«

»Nein ... keineswegs«, sagt die grüne Maus verlegen

und fügt mit einem vorwurfsvollen Seitenblick auf Christopher hinzu: »Die Bemerkung dieses jungen Mannes war reichlich vorwitzig!«
Christopher grinst.
»Es mag wohl sein, daß unser Tantchen Josephine einen Schwips hatte«, gibt sie zu. Gleichzeitig aber hebt sie die rechte Pfote und schwört: »Aber wenn, dann war es nur ein ganz kleiner! Sie hatte nämlich am meisten von den Rumfrüchten gefressen.«
»Weil sie Geburtstag hatte«, sagt Christopher.
»Natürlich, weil sie Geburtstag hatte!« wiederholt die grüne Maus schnippisch. »Warum wohl sonst?«

Sie räuspert sich und erzählt weiter: »Ich muß allerdings gestehen, daß auch wir von den Rumfrüchten immer lustiger wurden. Mein Vetter Kunibert spielte auf seinen Barthaaren Gitarre, und wir anderen tanzten. Und als wir uns gerade an einer wilden Polka versuchten, kletterte Tantchen Josephine übermütig auf den dicken Schinkenspeck und begann dort oben die tollsten Kunststücke vorzuführen. Wir riefen ihr noch zu: Paß auf, Tantchen, daß du nicht auf die Stelle gerätst, wo die Schwarte fehlt! Dort ist es glatt wie auf einer Eisbahn! Aber sie lachte nur. Und je stärker wir Beifall klatschten, desto waghalsiger wurde sie.
Einmal machte sie einen Vorderpfotenstand und kratzte sich dabei mit der Schwanzspitze rückwärts hinter den Ohren. Ein anderes Mal drehte sie sich wie ein Kreisel auf der linken Hinterpfote, daß einem schon vom Zuschauen ganz schwindlig wurde. Und dann passierte es!« Die grüne Maus schlägt vor Vergnügen einen Purzelbaum.

»Sie rutschte aus!« ruft Christopher.

»Und wie!« piepst sie und kann vor Lachen kaum weitersprechen. »Tantchen Josephine wollte uns nämlich einen fünffachen Salto vorführen. Wir hielten alle den Atem an. Und um die Spannung noch zu erhöhen, trommelte mein Vetter Kunibert mit dem Schwanz auf den Deckel einer Konservendose. Ich glaube, es waren grüne Bohnen.

Schon nahm Tantchen Josephine einen gewaltigen Anlauf, sprang in die Luft und wirbelte wie ein Propeller fünfmal um sich selbst. Aber die Ärmste hatte soviel Schwung, daß sie erst weit am Ende des Schinkens wieder auf die Pfoten kam: genau dort, wo die Schwarte fehlte!«

Die grüne Maus wischt sich die Tränen aus den Augen. »Unser Tantchen stemmte alle vier Pfoten in den Speck und dazu noch den Schwanz – aber umsonst! Sie schoß wie eine Rakete über die Speckkante, hoch durch die Luft und mitten in den Vanillepudding hinein!«

Christopher fängt laut an zu lachen. Aber die grüne Maus hebt die Pfote und sagt: »Hört zu, wie es weiterging: Glücklicherweise fanden wir sofort einen langen Bindfaden, an dem noch ein Wurstzipfel hing. Wir warfen ihn schnell zu Tantchen Josephine hinunter und zogen sie mit vereinten Kräften aus der Puddingschüssel heraus.«

Sie schlägt ausgelassen die Pfoten zusammen. »Ihr könnt euch ja gar nicht vorstellen, wie komisch eine grüne Maus aussieht, die über und über mit gelbem Vanillepudding bedeckt ist«, sagt sie vergnügt. »Natürlich wollte unser armes Tantchen draußen in der Regenrinne gleich ein Bad nehmen. Doch da kam uns eine viel bessere Idee! Das heißt, ich darf wohl bescheiden bemerken, daß mir diese Idee kam...«

Hier legt die eitle grüne Maus eine kleine Kunstpause ein, um Christopher und Vater Jakob neugierig zu machen.

Dann fährt sie fort: »... ich sagte nämlich zu den anderen: Freunde, wir bekommen wahrhaftig nicht alle Tage Vanillepudding zu fressen! Warum diese köstliche Speise also in die Regenrinne spülen? Wir werden Tantchen Josephine einfach sauberlecken! Was haltet ihr davon?

Natürlich waren alle sofort begeistert. Und so leckten die einen ihren Schwanz sauber und die anderen ihre Pfoten. Die einen ihre Beine und die anderen ihren Bauch – und so fort. Und währenddessen schrie Tantchen Josephine unentwegt: Ich bin ja soo schrecklich kitzlig...! Und lachte und lachte!

Als mein Vetter Kunibert ihr mit seiner langen Zunge den Pudding aus den Ohren holen wollte, mußten wir sogar eine Pause machen – aus Angst, daß unser Tantchen vor lauter Lachen der Schlag treffen könnte. Aber danach leckten wir auch den Rest von ihr noch blitzblank. Es war übrigens ein ausgezeichneter Vanillepudding!«

Darauf sagt Christopher fröhlich: »Du, Vater Jakob, stell dir mal vor, Tante Klärchen würde in eine Puddingschüssel fallen und wir würden sie dann alle...« Aber weiter kommt er nicht. Denn da stopft Vater Jakob ihm auch schon die Bettdecke über den Kopf und brummelt: »Alberne Rübe...!« Aber Christopher weiß, daß Vater Jakob da draußen jetzt genauso lacht wie er unter seiner Decke.

Der Ärgerkloß

Heute kann Christoper nicht einschlafen. Er sitzt mit angezogenen Knien im Bett und starrt auf seine Zehen.
Vater Jakob nimmt einen Schluck aus seinem Bierglas. »Du warst so still beim Abendessen«, sagt er. »Hast du dich geärgert?«
Christopher antwortet nicht. Dafür biegt er seinen dicken Zeh so verbissen hin und her, daß Vater Jakob fürchtet, er könnte abbrechen.
Christopher hat sich nämlich wirklich geärgert: Über seinen Freund Martin, die Sache mit dem kleinen Türkenmädchen und – um ehrlich zu sein – am meisten über sich selbst. Er hat sich so sehr geärgert, daß ihm der Ärger wie ein dicker Kloß im Hals steckt. Deshalb kann er auch nichts sagen, jedenfalls jetzt noch nicht. Obwohl er Vater Jakob sonst alles sagt. Erst muß er diesen Ärgerkloß loswerden.
Vater Jakob kennt das mit dem Ärgerkloß und daß man dann nicht reden kann. Darum drängt er Christopher auch nicht weiter, sondern denkt nach: über Christophers Frage – als er vom Spielen nach Hause

kam –, was eigentlich eine Mutprobe sei, über die Kratzer in seinem Gesicht und über den Ärgerkloß in seinem Hals. Und als er mit Denken fertig ist und noch einmal aus seinem Glas getrunken hat, fragt er:
»Hättest du Lust auf eine Geschichte?«
Christopher biegt immer noch an seinem Zeh. »Was für eine Geschichte?« fragt er lustlos.
»Irgendeine.«
»Eine über mich . . .?«
»Eine über dich, wenn du willst«, verspricht Vater Jakob.
Christopher ist einverstanden. Geschichten, in denen er selbst vorkommt, hört er gerne, vor allem, wenn es ihm schlecht geht – wenn er krank oder unglücklich ist, so wie jetzt. Diesmal sollte es allerdings eine ganz besondere Geschichte sein, aber das weiß Christopher noch nicht.
Und so beginnt Vater Jakob zu erzählen. »Einmal wohnte in dem lila Haus, zweite Etage rechts, ein Junge. Er hieß Christopher und war auf den Tag genauso alt wie du. Einmal sagte sein Freund zu ihm: Wetten, daß du feige bist?
Bin ich nicht! sagte Christopher.
Bist du doch!

Nein!

Dann mach eine Mutprobe!

Von mir aus!

Gut, komm mit! sagte der Freund.

Sie liefen zur Jacobistraße und stellten sich in der Nähe der Straßenbahnhaltestelle hinter einen dicken Baum.

Siehst du die Frau da drüben? flüsterte der Freund. Die mit dem grauen Mantel und dem dicken Korb? Sie geht jeden Mittwoch auf den Markt und kauft Kartoffeln, Äpfel und Eier, und anschließend wartet sie hier auf die Straßenbahn.

Christopher konnte die Frau gut sehen, auch, daß sie schon alt war und einen kleinen Buckel hatte. Der Einkaufskorb stand neben ihr auf dem Bahnsteig. Er war bis oben hin mit Tüten vollgepackt. Bestimmt war er schwer.

Was ist mit der Frau? wollte Christopher wissen.

Der Freund kniff die Augen zusammen und sagte: Wir warten bis die Bahn kommt, dann rennst du hin und schmeißt ihren Korb um!

Warum soll ich ihren Korb umschmeißen? fragte Christopher.

Weil dann die ganzen Kartoffeln, Äpfel und Eier den

Bahnsteig runterkollern. Und bis sie alles wieder eingesammelt hat, ist die Bahn weg! Der Freund lachte schadenfroh. Dann muß sie auf die nächste warten!
Christopher dachte einen Augenblick nach.
Nein, sagte er dann, das tu ich nicht!
Weil du ein Feigling bist! sagte der Freund verächtlich. Genau wie ich gesagt habe!
Ich bin kein Feigling! erwiderte Christopher böse.
Bist du doch! schrie der Freund.
Bin ich nicht! schrie Christopher zurück.
Dann schmeiß doch ihren Korb um! Aber du traust dich ja nicht!
Das werden wir ja sehen! sagte Christopher wütend und gab dem Baum einen Fußtritt.
Inzwischen hatten sich an der Haltestelle viele Leute versammelt. Und dann kam die Straßenbahn um die Ecke.
Der Freund zischte: Tust du es jetzt, oder tust du es nicht? Da rannte Christopher los.
Die alte Frau versuchte schon einzusteigen. Doch jedesmal, wenn sie den schweren Korb gepackt hatte, wurde sie von den anderen wieder zur Seite gedrückt.
Christopher blieb stehen und beobachtete sie. Dann wußte er, was er tun würde. Er machte die Ellenbogen

breit und drängte sich durch die Menschenmenge nach vorne. Einige Leute riefen: Ungezogener Flegel! oder: Frecher Lümmel! Aber das war ihm gleichgültig.
Als er die Frau erreicht hatte, griff er nach ihrem Einkaufskorb und sagte atemlos: Steigen Sie ein! Ich halte den Korb solange!
Erst sah die Frau Christopher sehr mißtrauisch an, aber dann stieg sie doch ein. Und Christopher packte den schweren Korb und hob ihn in die Straßenbahn, als wären nur zwanzig federleichte Brötchen darin gewesen.
Darauf lachte die Frau ihn so nett an, daß sie auf einmal gar nicht mehr alt aussah.
Vielen Dank, junger Mann! rief sie ihm zu. Und als die Straßenbahn anfuhr, hat sie gewunken. Christopher hat auch gewunken. Dann hat er die Hände in die Hosentaschen gesteckt und ein Liedchen gepfiffen ...«
»Er war also doch feige!« sagt Christopher enttäuscht.
»So, findest du?« meint Vater Jakob. »Da bin ich aber anderer Meinung.«
»Ich nicht!« sagt Christopher störrisch.
»Du hättest es also mutiger gefunden, wenn der Christopher den Korb der alten Frau umgestoßen hätte?«
Christopher zählt seine Zehen. »Jedenfalls hätte der

Freund dann nicht mehr Feigling zu ihm gesagt«, meint er ausweichend. »Bestimmt hat er nachher Feigling zu ihm gesagt!«
»Du hättest es also nur aus Angst vor dem Freund getan?« fragt Vater Jakob. »Findest du das vielleicht mutig?«
Auf seiner Stirn haben sich zwei steile Falten gebildet. Das heißt, daß er und Christopher in einer wichtigen Angelegenheit jetzt verschiedener Meinung sind. Das kommt selten vor, und darum fühlt sich Christopher immer unbehaglicher.
»Der Christopher in meiner Geschichte hat sich über-

legt, daß es gar nicht mutig, sondern sehr feige sein würde, einer alten Frau, die sich nicht wehren kann, den Korb umzustoßen«, sagt Vater Jakob. »Und da sie sowieso schon Mühe genug hatte, in die Bahn einzusteigen, hat er sich entschlossen, ihr lieber zu helfen. Dazu hätte sich der Freund nie getraut, auch wenn er es gewollt hätte. Der hätte viel zuviel Angst gehabt, daß der Christopher ihn einen Feigling nennen würde. Und deshalb war der mutigere von beiden der Christopher – wenigstens in meinen Augen.«
Vater Jakob starrt auf sein Bierglas und schweigt. Christopher schweigt auch. Er denkt darüber nach, was Vater Jakob gesagt hat. Und je länger er nachdenkt, desto mutiger findet auch er den anderen Christopher – weil der sich getraut hatte, einfach das zu tun, was er für richtig hielt. Gleichgültig, wie sein Freund darüber dachte.
»Vater Jakob . . .?« sagt Christopher nach langer Zeit.
»Ja . . .?«
»Hättest du es auch so gemacht wie der andere Christopher . . .?«
Vater Jakob betrachtet seine Fingernägel. Dann sagt er: »Ich weiß es nicht. Es ist schon ziemlich lange her, daß ich so alt wie jener Christopher war. Ich hoffe je-

denfalls, daß ich es so gemacht hätte.«
»Und wenn der Freund nachher Feigling zu dir gesagt hätte, was dann?«
Vater Jakob zuckt die Schultern. »Dann hätte ich ihm ordentlich die Meinung gesagt und ihn einen noch größeren Feigling genannt. Weil man sich nicht an schwächeren Menschen vergreift, so wie er es tun wollte.«
»Und wenn er trotzdem immer weiter Feigling zu dir gesagt hätte? Und dich furchtbar ausgelacht hätte? Was dann . . .?«
Vater Jakob beugt sich nach unten und tut so, als wollte er seinen Schuh zumachen. Aber Christopher sieht ganz genau, daß der Schuh gar nicht offen ist. Vater Jakob denkt jetzt nämlich, Christopher würde seine Frage vielleicht vergessen. Christopher vergißt seine Frage aber nicht! Dafür ist er viel zu hartnäckig!
»Was dann, Vater Jakob?«
Vater Jakob seufzt, dann packt er den Christopher an seinen langen Beinen und zieht ihn mit einem Rutsch unter die Decke. »Dann hätte ich ihm wahrscheinlich eine heruntergehauen«, knurrt er, »und mir am nächsten Tag einen neuen Freund gesucht!«
Da schlingt Christopher schnell die Arme um Vater Jakobs Hals und wünscht ihm Gute Nacht. Morgen

würde er alles wiedergutmachen und dem kleinen Türkenmädchen drei seiner schönsten Glaskugeln schenken – vielleicht auch vier. Dann würde er seinem Freund Martin ordentlich die Meinung sagen und anschließend alles Vater Jakob erzählen!

*Wenn der Bauchredner Bodo Brumm
nicht gewesen wäre ...*

Heute kann Christopher nicht einschlafen. Kein Wunder, wenn man Ziegenpeter hat und schon seit zwei Tagen im Bett liegt. Vielleicht würde ihm das Einschlafen leichterfallen, wenn er etwas äße – nur ein paar Löffel Haferbrei. Aber Christopher will nichts essen.
Vater Jakob fährt mit dem Finger über den Rand seines Bierglases. »Schade, daß du Ziegenpeter hast und keine Bauchweh«, meint er, »sonst könnte ich dir die Geschichte erzählen, die neulich in Hamburg passiert ist.«
»Was für eine Geschichte ...?« fragt Christopher vorsichtig.
»Über einen Kinderbauch«, sagt Vater Jakob gleichgültig, »und wie er es eines Tages satt hatte, Bauchweh zu haben und deshalb einfach auskniff und auf die Dorfkirmes ging. Und wie er sich dort am Ende alle Budenbesitzer zu Feinden machte – bis auf einen: den Bratwurstbudenmann Dagobert Dickwanst.«
»Wenn einer bei dir Dagobert Dickwanst heißt, ist die

Geschichte bestimmt erfunden!« meint Christopher mißtrauisch.

»Bitte sehr!« antwortet Vater Jakob beleidigt. »Von mir aus kann der Bratwurstbudenmann auch Herr Meier heißen, wenn dir der Name besser gefällt. Im übrigen will ich sie ja auch gar nicht erzählen. Wie ich schon sagte, ist es eine Bauchgeschichte und keine Ziegenpetergeschichte.«

Aber jetzt ist Christopher neugierig geworden. »Doch, erzähl!« sagt er. »Und Dagobert Dickwanst soll er heißen, nicht Herr Meier!«

»Gut, wenn du unbedingt willst.« Vater Jakob stellt sein Bierglas auf Christophers Nachttisch und beginnt zu erzählen. »An jenem Samstagabend, an dem die Geschichte passierte, waren alle Dorfbewohner auf der Kirmes, groß und klein. Da mußte der Kinderbauch mächtig aufpassen, daß er von der Menschenmenge nicht aus Versehen getreten wurde. Denn wer rechnet schon damit, daß einem auf einem Kirmesplatz ein alleinstehender Bauch zwischen den Beinen herumläuft? – Deshalb machte er auch bald eine Verschnaufpause: genau vor der Bratwurstbude von Dagobert Dickwanst.

Dagobert Dickwanst hatte große traurige Augen. Niemand kauft eine Bratwurst bei mir, beklagte er sich. Bratwurst macht dick, sagen die Leute und gehen lieber auf Karussells und in die Vergnügungsbuden. Es ist ein Jammer!

Der traurige Bratwurstbudenmann tat dem Kinderbauch leid. Er dachte genau zweiundzwanzig Sekunden lang nach. Dann sagte er geheimnisvoll: Ich glaube, ich weiß, wie ich dir helfen kann...

Er rollte unauffällig neben den dicken Mann und die dicke Frau drüben an der Schießbude und fing an zu knurren. Erst knurrte er leise, dann lauter und noch ein bißchen lauter – bis der dicke Mann die Stirn runzelte und zu der dicken Frau sagte: Emma, mir knurrt vor Hunger der Bauch. Komm, wir holen uns eine Bratwurst!

Unmöglich! widersprach die dicke Frau Emma. Du hast wohl vergessen, daß wir zu Hause erst ein Kotelett mit Pommes Frites gegessen haben?

Es ärgerte den Kinderbauch gewaltig, daß die dicke Frau Emma dem dicken Mann die Bratwurst verleiden wollte. Darum stellte er sich noch etwas dichter hinter sie und knurrte noch lauter als vorher. Er knurrte so lange, bis auch die dicke Frau Emma endlich sagte: Komisch, ich habe plötzlich auch Hunger... Worauf die beiden bei Dagobert Dickwanst jeder gleich zwei Würstchen hintereinander aßen. Dagobert Dickwanst freute sich natürlich.

Als nächsten nahm der Kinderbauch einen langen dünnen Mann aufs Korn. Der sieht ja aus wie eine Bohnenstange! dachte er und knurrte so hartnäckig, daß die Bohnenstange schnurstracks an die Bude lief und nicht nur drei Würstchen, sondern dazu auch noch drei Semmeln extra verlangte.

Das klappt ja besser als ich dachte! frohlockte der Kinderbauch übermütig. Ich brauche nur zu knurren, und schon fangen die Leute an zu essen.

So rollte er von einem zum anderen. Er knurrte und fiepte so ausdauernd, daß alle voller Heißhunger zu Dagobert Dickwanst liefen. Der kam allmählich ganz schön ins Schwitzen – bis er zuletzt vor lauter Anstrengung selbst wie eine Bratwurst aussah.

Hör mal eine Weile mit dem Knurren auf! stöhnte er. Ich muß mich ausruhen!

Aber gern! meinte der Kinderbauch großartig. Ein wenig plaudern kann nicht schaden. – Und er begann munter draufloszuerzählen.

Doch der Bratwurstmann schien nicht ganz bei der Sache zu sein. Er horchte auf ein bestimmtes Ge-

räusch... Und bald stutzte auch der Kinderbauch und fragte erstaunt: Wer knurrt denn hier?
Ich fürchte, das bist du, sagte Dagobert Dickwanst verlegen.
Ich??? meinte der Kinderbauch ungläubig. Aber ich wollte doch aufhören zu knurren...!
Ja, das wolltest du, bestätigte Dagobert Dickwanst. Aber es ging nicht. Der Kinderbauch konnte sich noch so sehr anstrengen. Er war jetzt selbst viel zu hungrig geworden. Schließlich hatte er auch seit zwei Tagen nichts mehr zu essen bekommen.
Wenn ich nur etwas essen könnte! jammerte er. Aber leider können wir alleinstehenden Kinderbäuche nicht allein essen. Was soll ich also tun? – Nach Hause wollte er nicht.
Und wenn du in die Boxbude gingest? schlug Dagobert Dickwanst vor. Das wird dich vielleicht ablenken.
Gute Idee! sagte der Kinderbauch dankbar. Außerdem sehe ich Boxkämpfe für mein Leben gern.
Auf dem Weg zur Boxbude kam er am Kettenkarussell vorüber. Doch die bunten fliegenden Sessel hingen einsam an ihren Haken.
So steigt doch ein, Leute! rief der Kettenkarussell-

direktor Leo Luftikus und fuchtelte verzweifelt mit den Armen. Mit soviel Bratwurst im Bauch? erwiderten die Leute lachend. Da bleiben wir doch lieber auf dem Boden!

An der Achterbahn war es nicht anders. – Sie wollen wohl, daß uns schlecht wird? Nein danke, ein andermal gerne!

Der Achterbahndirektor Sigismund Sausewitz raufte sich die Haare.

O je, dachte der Kinderbauch erschrocken, und alles ist meine Schuld! Dem Dagobert Dickwanst habe ich zwar geholfen, aber dafür sind jetzt die Kassen der Karussellbesitzer leer. Das wollte ich nicht!

Er schlüpfte schnell in die Boxbude, dicht hinter den Ring, denn der Kampf hatte gerade begonnen. Aber er dauerte noch keine fünf Minuten an, als der Boxer Paul Plattnase seinem Gegner Balduin Blauauge etwas zuflüsterte. Daraufhin nickten die beiden, und dann schlug der Paul dem Balduin eins aufs Auge und der Balduin dem Paul eins auf die Nase. Damit war der Kampf beendet.

Was??? schrien die Zuschauer empört. Für fünf Minuten Boxkampf soviel Eintrittsgeld? Das ist ja eine Unverschämtheit!

Sollen wir vielleicht mit knurrendem Bauch boxen? schrien die Boxer zurück. Wir haben einen Mordshunger! Erst müssen wir etwas essen!
Nichts werdet ihr essen! brüllten die Leute. Boxen sollt ihr . . .! Wie der Streit ausgegangen ist, weiß man nicht, denn der Kinderbauch hatte sich schleunigst aus dem Staub gemacht.
Was richte ich nur für Unheil an! dachte er bekümmert. Ich darf mich auf keinen Fall mehr in der Nähe gewöhnlicher Menschen aufhalten! – Aber nach Hause wollte er immer noch nicht.
Er sah sich nach allen Seiten um und überlegte, wohin

er gehen könnte. Dabei fiel sein Blick auf die rote Kirmesbude von Gustav Glühkehle, dem weltberühmten Feuerschlucker. Und daß Feuerschlucker keine gewöhnlichen Menschen sind, weiß schließlich jeder.

Also ging der Kinderbauch in Gustav Glühkehles Vorstellung. Er verbarg sich neben der Bühne hinter einem roten Samtvorhang.

Der Feuerschlucker hielt eine gewaltige Fackel in der rechten Hand, an der das Feuer nur so herumzischte und -züngelte – bis es zu einer lodernden Flamme herangewachsen war. Schon leckte er sich genießerisch die Lippen und führte die brennende Fackel langsam an seinen Mund. Alle hielten den Atem an...

Doch da zögerte Gustav Glühkehle plötzlich und faßte sich erstaunt auf den Bauch. Donnerwetter, habe ich einen Hunger! murmelte er. Ich muß unbedingt eine Kleinigkeit essen. Auf knurrenden Bauch Feuer schlucken ist ungesund.

Also tauchte er seine Fackel kurzerhand in den nächstbesten Wassereimer und begann zu essen. Er aß ein Brot mit Leberwurst, ein Brot mit Schmierwurst, ein Brot mit Schinkenwurst, zwei hartgekochte Eier...

Der Kinderbauch traute seinen Augen nicht. Das ist

doch unmöglich! dachte er. Ein Feuerschlucker kann doch nicht einfach Hunger auf Wurstbrote und hartgekochte Eier bekommen, nur weil ein dünner Bauch wie ich in seiner Nähe knurrt! Ein Feuerschlucker ist doch kein gewöhnlicher Mensch!
Aber leider war Gustav Glühkehle eben doch ein gewöhnlicher Mensch. Und deshalb aß er auch seelenruhig weiter, auch als die Zuschauer ihn laut beschimpften und ihr Eintrittsgeld zurückverlangten. Einige drohten ihm sogar mit einer Tracht Prügel.
Gustav Glühkehle versuchte vergeblich, die empörten Zuschauer zu beruhigen. So glaubt mir doch, Freunde! rief er zwischen einem Wurstbrot und einem hartgekochten Ei. Ich verstehe doch selbst nicht, wieso mir plötzlich der Bauch so knurrt. Das ist mir in meinem ganzen Feuerschluckerleben noch nicht passiert!
Aber es interessierte die erbosten Zuschauer herzlich wenig, ob dem Gustav Glühkehle das schon passiert war oder nicht. Sie verlangten, daß er Feuer schluckte und keine Wurstbrote und hartgekochte Eier! Dafür hatten sie bezahlt! Und darum pfiffen, trampelten und schimpften sie immer heftiger.
Das hörte Bodo Brumm, der Bauchredner von nebenan. Ich werde einmal nachsehen, warum bei dem

Gustav Glühkehle drüben so eine Aufregung herrscht, sagte er.

Ach, wäre der Bodo Brumm doch lieber in seiner Bauchrednerbude geblieben! Denn kaum hatte Gustav Glühkehle ihm von seinem merkwürdigen Hunger erzählt, da begann Bodo Brumms Bauch auch schon zu brummen: Laßt euch bloß nicht an der Nase herumführen! Drüben hinter dem roten Samtvorhang versteckt sich ein alleinstehender Bauch, der unaufhörlich knurrt. Deshalb glauben alle, die in seine Nähe kommen, sie hätten Hunger. Er ist ein Betrüger!

Niemand zweifelte auch nur einen Augenblick daran, daß Bodo Brumms Bauch die Wahrheit gebrummt hatte. Denn daß sich der Bauch eines so berühmten Bauchredners mit dem Knurren anderer Bäuche bestens auskennt, versteht sich wohl von selbst.

Na warte, das soll er büßen, dieser Halunke! schrie Gustav Glühkehle aufgebracht. Mir die Vorstellung zu verderben! Auf, Leute, fangt ihn ein!

Da wurde dem armen Kinderbauch aber himmelangst! Er quetschte sich unter der Zeltplane hindurch ins Freie. Er rollte und kugelte holterdipolter über den Kirmesplatz in Richtung Ausgang. Jetzt aber nichts wie nach Hause!

Verfolgt ihn! brüllten Gustav Glühkehle und Bodo Brumm. Er hat mit seinem Knurren die Leute verhext!

Als das die Boxer Paul Plattnase und Balduin Blauauge hörten, stürmten sie wutschnaubend hinterher, genau wie der Kettenkarusselldirektor Leo Luftikus und der Achterbahndirektor Sigismund Sausewitz. Und sogar der Ponydirektor Fritz Pferdeapfel, die Wahrsagerin Emilie Ehrlich und der Geisterbahndirektor Udo Unheimlich rannten laut schreiend mit. Dabei hatten die mit der ganzen Sache eigentlich gar nichts zu tun.

Nur der Bratwurstbudenmann Dagobert Dickwanst schrie die ganze Zeit über: Er ist unschuldig! Ich kann alles erklären...! Doch niemand hörte ihm zu.

So wetzte der Kinderbauch um sein Leben: um die Kirmesbuden herum, unter den Buden hindurch. Über Leitern, Eimer, Mistgabeln, Papierkörbe und leere Limonadendosen. Er sauste zum Ausgang hinaus, die Steinstraße entlang, erreichte mit letzter Kraft das große lila Haus und schleppte sich keuchend bis zur zweiten Etage hinauf, wo...«

Vater Jakob stutzt. »Nanu, was höre ich denn da?« wundert er sich.

Da fängt Christopher laut an zu lachen. »Mein Bauch knurrt . . .«, bringt er mühsam heraus.
Vater Jakob runzelt die Augenbrauen. »Sag ihm sofort, er soll aufhören!«
Christopher hat vor Vergnügen zwei tiefe Grübchen auf den Backen. »Es geht nicht . . .!« wimmert er.
»So???« sagt Vater Jakob drohend. »Willst du vielleicht, daß es mir so ergeht wie den armen Kirmesleuten? Daß ich deinetwegen jetzt Hunger bekomme und über unseren Kühlschrank herfalle? Womöglich auch noch über die Koteletts für morgen?« Er kratzt sich energisch am Kinn. »Nein, mein Lieber, das lasse ich mir nicht gefallen! Ich bin schon dick genug!«
Vater Jakob geht mit langen Schritten aus dem Zimmer und kommt kurz darauf mit Christophers Teller zurück.
Da ist Christophers fröhliche Laune wie weggeblasen. »Keinen Haferbrei! Bitte nicht!« sagt er weinerlich.
»Wer redet denn von Haferbrei?« meint Vater Jakob erstaunt. »Das hier ist ein Kirmesbrei, und ich wette mit dir, daß du den in deinem ganzen Leben noch nicht probiert hast. Ich werde ihn extra für dich würzen . . .«
Er taucht den Löffel seelenruhig in den Teller. Dann

nimmt er einen von Christophers bunten Bausteinen und tut so, als sei der Stein ein Gewürzstreuer. Er rüttelt und schüttelt ihn über dem Löffel und fährt fort: ». . . zum Beispiel mit einer Prise Boxbudengeschrei.« Und – schon ist der Löffel in Christophers Mund verschwunden. Christopher schluckt widerwillig.

»Nun, wonach schmeckt es?« Vater Jakob beugt sich vor, daß ihm die Brille auf die Nasenspitze rutscht. Und die Augen unter den buschigen Brauen funkeln dabei so ansteckend, daß Christopher – ob er will oder nicht – zugeben muß: »Es schmeckt nach . . . Boxbude.«

»Na also!« sagt Vater Jakob vergnügt. »Und wie wäre es zur Abwechslung mit einer Prise Achterbahngeratter . . .?«

Der Gewürzstreuer tanzt über Christophers Löffel, und – schwupp – ist auch dieser in seinem Mund verschwunden.

»Oder einer Prise Schießbudenrauch . . .?« Christopher schluckt und schluckt.

»Oder einer Prise Geisterbahngejohle . . .?
Oder einer Prise Feuerschluckerfeuer . . .?
Oder einer Prise . . .« Aber da ist der Teller leer.
Als die Mutter ins Zimmer kommt und sieht, daß der

kranke Christopher endlich etwas gegessen hat, freut sie sich. »Siehst du, wie gut mein Haferbrei schmeckt? Du wolltest mir ja nicht glauben!«

Aber Christopher schüttelt den Kopf und sagt triumphierend: »Es war nicht dein Haferbrei! Es war ein Kirmesbrei, und Vater Jakob hat ihn extra für mich gewürzt: mit einer Prise Boxbudengeschrei und Achterbahngeratter und Schießbudenrauch und Feuerschluckerfeuer...«

»Ja, ja, das sieht unserem Vater Jakob wieder einmal ähnlich«, meint die Mutter belustigt. »Es würde mich nicht wundern, wenn er eines Tages noch selbst eine Kirmesbude aufmachte.«

Vater Jakob lacht dröhnend. »Aber nur als Zauberer!« sagt er. »Und weißt du, in was ich dich dann verzaubern würde?« Er rollt mit den Augen und streckt die Arme nach ihr aus. »In eine dicke fette Schnecke! Simsalabim...!«

Da flüchtet die Mutter hilferufend zu Christophers Vater ins Wohnzimmer, worauf die beiden albernen Kirmesschwätzer in fröhliches Gelächter ausbrechen.

Auf eine dicke Freundschaft!

Heute kann Christopher nicht einschlafen. Er späht über seine Decke hinweg auf die Türritze. Sonst scheint immer das Licht vom Wohnzimmer hindurch – aber heute ist sie dunkel. Er horcht nach draußen. Sonst hört er auch immer Stimmen oder Geschirrgeklapper oder den Fernseher – aber heute ist es still.
»Du weißt ja, wir sind bei den Schusters eingeladen«, hatten die Eltern gesagt.
Aber wo war Vater Jakob? Und was tat er? Warum machte er nicht ein bißchen Lärm – nur soviel, daß Christopher wußte, da ist noch jemand?
Er schlägt die Decke zurück und steht auf. Er will nur wissen, wo Vater Jakob ist und was er tut, mehr nicht. Und dann wieder ins Bett gehen.
Er tappt über den dunklen Flur und steigt leise die Wendeltreppe zu Vater Jakobs Wohnung hinauf. Unter seiner Tür scheint Licht hindurch. Es ist mucksmäuschenstill. Nur der Kater Toto streicht leise schnurrend um seine Beine.
Christopher drückt vorsichtig die Klinke hinunter und guckt ins Zimmer. Vater Jakob sitzt an seinem

Schreibtisch und raucht Pfeife. Der Tisch ist übersät mit Fotos und Papieren. Auf dem Fußboden liegen Akten und Bündel von Briefen.

»Nun, wo brennt's?« fragt er.

Christopher bohrt verlegen in der Nase. »Och . . . ich wollte nur mal sehen, was du machst.«

»Frag mich lieber, was ich machen wollte!« Vater Jakob stöhnt. »Eigentlich wollte ich nämlich meinen Schrank aufräumen. Aber dann habe ich diese schönen alten Bilder gefunden, und so wird aus dem Schrankaufräumen wohl doch nichts mehr.« Er zieht ein paarmal an seiner Pfeife, aber sie ist ausgegangen. Christopher beugt sich neugierig über die Fotos. Es gab kleine und große, bunte und schwarzweiße. Eines war schon gelblich und sehr abgegriffen. Bestimmt war es schon alt. Aber die beiden lachenden Männer waren noch gut zu erkennen. Sie hatten die rechten Arme über Kreuz gehakt und hielten jeder ein Glas in der Hand. Das sah komisch aus.

»Wer ist das?« fragt Christopher.

»Der mit der Mütze bin ich.«

»Du . . .?«

»Jawohl, mein Lieber! Allerdings vor 30 Jahren. Ich war ein hübscher Kerl, findest du nicht?«

Christopher grinst.

»Nun???« Vater Jakob läßt seine Brille auf die Nasenspitze rutschen und sieht ihn über die Gläser hinweg streng an. »Ob ich ein hübscher Kerl war, will ich wissen!«

Christopher bohrt den Kopf gegen seine Schulter. »Ein toller Kerl, Ehrenwort!« bestätigt er schnell.

Vater Jakob schiebt die Brille zurück auf die Nase. »Das will ich meinen!« sagt er zufrieden.

»Und wer ist der andere?«

»Mein Freund Wim.«

»Kenn' ich den?«

»Leider nicht«, sagt Vater Jakob. »Wim ist vor zehn Jahren bei einem Autounfall gestorben. Damals warst du noch gar nicht auf der Welt.«

Christopher nimmt Vater Jakob das Foto aus der Hand und fragt: »War Wim dein bester Freund?«

»Mein allerbester!« sagt Vater Jakob. Er beugt sich vor und wühlt in den Fotos nach seiner Tabakdose. Dann stopft er sich eine frische Pfeife.

»Er war ein Mordskerl, dieser Wim. Ein richtiger Kumpel. Der hätte dir gefallen!« meint er und fügt bitter hinzu: »Verdammter Unfall!«

Christopher sinnt den Worten von Vater Jakob nach:

Der hätte dir gefallen ... Ein anderer Erwachsener hätte gesagt: Den hättest du bestimmt gerngehabt – oder so ähnlich. Aber Vater Jakob sagt einfach: Der hätte dir gefallen! Und damit Schluß! So als ob er mit den Eltern oder einem Freund redete. Christopher spürt ein warmes Gefühl in seinem Bauch, so, wie wenn man sich ganz besonders über etwas freut.

Er stützt sich mit den Ellenbogen auf Vater Jakobs Sessellehne und fragt: »Warum habt ihr die Arme so komisch ineinandergehakt?«

»Wir trinken gerade Brüderschaft«, sagt Vater Jakob schmunzelnd.

»Was heißt das?«

»Daß man ab jetzt du zu dem anderen sagt«, erklärt er, »wie zu einem Bruder. Und um das zu besiegeln, kreuzt man die Arme und trinkt einander zu: auf das Du und auf eine dicke Freundschaft.«

Christopher geht langsam um den Schreibtisch herum und setzt sich mit angezogenen Knien in den Korbsessel gegenüber. Er denkt nach. Und während er nachdenkt, liest Vater Jakob in einem alten Brief und scheint Christopher ganz vergessen zu haben.

Mitten in das Schweigen hinein sagt Christopher auf einmal: »Schade ...!«

Vater Jakob sieht ihn erstaunt an. »Was findest du denn schade?«

Christopher drückt mit beiden Daumen auf seine Knie. »Daß du . . . mein Opa bist«, sagt er.

»Na hör mal«, meint Vater Jakob vorwurfsvoll, »ich bin aber mächtig froh, daß ich dein Opa bin und du mein Enkel! Ich jedenfalls möchte keinen anderen Enkel haben!«

»So meine ich das nicht . . .«, sagt Christopher unsicher.

»Wie meinst du es denn?«

»Ich meine . . . wenn du nicht mein Opa wärst, könnten wir auch Brüderschaft trinken. So wie Wim und du. Das meine ich!«

»Ach soo! Ich verstehe...«, sagt Vater Jakob gedehnt. Er fährt mit der Hand nachdenklich über die vielen Fotos, schiebt sie von links nach rechts und von rechts nach links. Bis er plötzlich ein kleines Bild zwischen den Fingern hält. Christopher beugt sich nach vorne und hält den Kopf schief. Auf dem Bild ist ein Junge, vielleicht so alt wie er. Er trägt eine Mütze, einen kleinen Schlips und einen dunklen Anzug. Und seine Augen blicken so ernst, als hätten sie noch nie in ihrem Leben gelacht. – Christopher findet, daß der Junge doof aussieht, und er versteht nicht, warum Vater Jakob das Foto so lange betrachtet. Aber endlich legt er es doch zur Seite, lehnt sich in seinen Sessel zurück und bläst einen dicken Rauchring in die Luft. In seinen Augen schimmert ein merkwürdiges Lächeln. Christopher bemerkt es. Vater Jakobs Augen kennt er ganz genau, besser als jeder andere. Aber was hat es zu bedeuten?

Vater Jakob starrt dem Rauchring nach. Christopher starrt auch dem Rauchring nach. Als er sich aufgelöst hat, sagt Vater Jakob behutsam: »Daß ich dein Opa bin, läßt sich nicht ändern. Aber Brüderschaft könnten wir trotzdem trinken.«

Christopher sieht ihn verwirrt an. »Aber ... ich sage doch schon Vater Jakob und du ...«

Vater Jakob macht eine wegwerfende Handbewegung. »Auf das Du allein kommt es nicht an«, sagt er. »Daß man auf eine dicke Freundschaft trinkt, darauf kommt es an! Und was den Vater Jakob betrifft: glaubst du vielleicht, mein Freund Wim hätte *Vater Jakob* zu mir gesagt? Lächerlich!« Er bläst einen zweiten Rauchring in die Luft. »Was meinst du, wie der mich wohl genannt hat, nun?«

Christopher starrt Vater Jakob unverwandt an. »Jakob ...«, flüstert er kaum hörbar.

»Na also!«

Christopher greift mit beiden Fäusten um die Sessellehnen. »Du meinst, ich sollte einfach ... Jakob sagen?«

»Genau das meine ich.«

»Und ... was sagst du zu mir?«

Vater Jakob beugt sich über den Schreibtisch und drückt Christopher die breite Hand auf die Schulter. »Ich sage einfach: einverstanden, Kumpel!«

Da kehrt das warme Gefühl in Christophers Bauch zurück. Es ist noch viel wärmer als vorher. Und es kriecht seine Brust hinauf bis in den Hals...

»Also trinken wir Brüderschaft!« sagt Vater Jakob fröhlich. »Ich hole uns ein frisches Bier.«

Aber Christopher ist schon aufgesprungen. »Ich hole es! Ich hole es!« Er saust wie der Blitz in die Küche, reißt die Kühlschranktür auf, schnappt sich die Bierflasche und ist in weniger als zehn Sekunden zurück. Vater Jakob nimmt ein kleines Glas aus dem Schrank und stellt es neben sein eigenes. Dann öffnet er die Flasche und gießt ein. – Jetzt ist es soweit: Sie nehmen jeder ihr Glas in die rechte Hand und haken die Arme über Kreuz. Dabei muß Vater Jakob sich bücken, weil Christopher doch viel kleiner ist als er.

»Prost Kumpel!«

»Prost Va... prost... Jakob.«

Einfach Jakob sagen? Das fällt Christopher schwer. Dabei hat er früher schon oft einfach Jakob gesagt: wenn er besonders albern war und ihn der Hafer stach. Aber das war Spaß gewesen. Jetzt ist es Ernst.

»Man muß sich erst ganz schön daran gewöhnen, geht es dir auch so?« meint Vater Jakob augenzwinkernd. »Komm, wir probieren es noch einmal. Aber steig hier auf den Blumenhocker, dann bist du größer, und ich brauche mir den Rücken nicht zu verrenken.«

Und weil danach in Christophers Glas immer noch ein kleiner Rest Bier übrig ist, sagt Vater Jakob: »Aller guten Dinge sind drei: Prost Kumpel! Auf eine dicke Freundschaft!«

Jetzt fällt es Christopher leicht, so als ob er noch nie etwas anderes als Jakob gesagt hätte. Und er freut sich wie toll!

»Prost Jakob! Auf eine dicke Freundschaft!«

So ist sie besiegelt. Und da man große Ereignisse gewöhnlich feiert, machen die beiden es sich in Vater Jakobs Zimmer jetzt urgemütlich: mit zwei weiteren Flaschen Bier für Vater Jakob, einer Flasche Apfelsaft für Christopher, einem dicken Stück Holländer Käse, einer Tüte Kartoffelchips und einer Dose Erdnüsse. Und zwischendurch sehen sie sich alle Fotos an, besonders die von Wim. Denn jedes von ihnen hat seine eigene Geschichte, meistens eine lustige.

Da geht mit einemmal die Tür auf, und Christophers Eltern stehen im Zimmer. »Du liebe Zeit!« rufen sie. »Hier sieht es ja aus wie in einer Räuberhöhle! Und du noch nicht im Bett, Christopher?«

Doch bevor Christopher antworten kann, sagt Vater Jakob seelenruhig: »Oh, wir haben nur ein kleines Ereignis gefeiert. Aber erzählt doch, wie war es bei euch? Habt ihr euch gut amüsiert?«

Diese Frage war nichts anderes als ein Ablenkungsmanöver von Vater Jakob, und die Eltern fallen auch sofort darauf herein. Sie sehen sich an und lachen. »Ja, es war schön, findest du nicht, Thomas?« sagt die Mutter. »Die Schusters sind wirklich nette Leute! Zum Schluß haben wir sogar Brüderschaft getrunken.«

Brüderschaft!!! Christopher traut seinen Ohren nicht. Schon bläst er die Backen auf, will gerade die eigene Neuigkeit herausposaunen, daß auch er und Vater Jakob . . . Da trifft ihn unter dem Tisch ein unmißverständlicher Fußtritt – in allerletzter Sekunde sozusagen. Er sieht Vater Jakob fragend an. Aber Vater Jakob macht ein gleichgültiges Gesicht, ein viel zu gleichgültiges Gesicht! Das kennt Christopher, und wie er das kennt! Darum läßt er die Luft wieder aus den Backen heraus und kneift die Lippen zusammen.

»Du wirst sie nächste Woche kennenlernen«, sagt der Vater gähnend, »und sie bestimmt auch nett finden.«

»Bestimmt!« meint Vater Jakob. »Wenn ihr sogar Brüderschaft getrunken habt . . .« Er gähnt ebenfalls und steht auf. »Ich gehe schlafen. Gute Nacht, ihr zwei!«

»Ich gehe auch«, sagt Christopher schnell.
Als sie schon beide an der Tür sind, dreht sich Vater Jakob noch einmal um und sagt mit der gleichgültigsten Stimme der Welt: »Dich hätte ich ja beinahe vergessen: Gute Nacht, Kumpel!« Und Christopher antwortet mit der zweitgleichgültigsten Stimme der Welt: »Gute Nacht, Jakob!«
Die Eltern sehen sich verblüfft an. »Kumpel??? Und Jakob??? Was ist denn hier los . . .?« Aber es ist niemand mehr da, der es ihnen hätte erklären können.
Hinter der Badezimmertür aber steht einer vor seinem Spiegelbild und sagt stirnrunzelnd: »Was meinst du, Jakob, bist du nun ein gutes oder ein schlechtes Vorbild für den Jungen Christopher? – Das sei dir egal, antwortest du? – Richtig so, zum Kuckuck nochmal! Er mag dich, und du magst ihn! Und damit basta!« Und dann lacht das Spiegelbild, daß der Zahnputzbecher leise klirrt.
Aber das hört keiner.
Und hinter der anderen Tür, die Wendeltreppe hinunter, am Ende des Flurs – dort, wo der rotblaugrüne Hampelmann hängt: da liegt einer überglücklich unter seiner Bettdecke und flüstert der grünen Maus zu: »Die haben wir vielleicht angeschmiert, ich und

der ... Jakob! Da bin ich mal auf morgen früh gespannt!«
Aber das hört auch keiner.